本書由河南大學黄河文明省部共建協同創新中心資助出版

◎清代中州名家叢書

吴其彦集

[清]吴其彦 著
孔漫春 點校

中州古籍出版社
·鄭州·

圖書在版編目(CIP)數據

吴其彦集 / (清) 吴其彦著;孔漫春點校. —鄭州:
中州古籍出版社, 2020.9
(清代中州名家叢書)
ISBN 978-7-5348-9191-5

Ⅰ. ①吴… Ⅱ. ①吴… ②孔… Ⅲ. ①中國文學-古典文學-作品綜合集-清代 Ⅳ. ①I214.92

中國版本圖書館 CIP 數據核字(2020)第 108964 號

WU QIYAN JI
吴其彦集

出版社:中州古籍出版社
(地址:鄭州市鄭東新區祥盛街 27 號 6 層 郵編:450016)
發行單位:新華書店
承印單位:河南大美印刷有限公司
开本:890mm×1240mm 1/32 **印張:**4.5
字數:100 千字 **印數:**1—1 000 册
版次:2020 年 9 月第 1 版 **印次:**2020 年 9 月第 1 次印刷

定價:20.00 元

前言

《吴其彦集》依據底本爲《清代詩文集彙編》收録的《藤花書屋遺稿》，咸豐乙卯年（一八五五）重鐫，光啓堂藏板，由吴其彦之哲嗣集禧編，受業涂元琪校字。内容包括吴其彦生前所著文稿一卷十二篇、賦稿一卷十篇、詩稿二卷一百五十一篇；吴其彦門人唐鑑撰寫的《序》一篇、湯金釗撰寫的《傳》一篇、門人唐鑑撰寫的《傳》一篇、門人蔣湘南撰寫的《墓志》一篇。將吴其彦的詩文辭賦收入大型叢書，固然便於保存傳世，但對於普通讀者來説，不便購買閲讀，從而影響了其作品的傳播流通。基於此，整理出版單行本《吴其彦集》就顯得尤爲必要了。

吴其彦，字美存，一字譽堂，河南固始人。先世居江右，遠祖諱君弼，數傳至思名公，遷固始。公之太高祖大朴公，天啓壬戌（一六二二）進士，知廬州府。以禦寇功，卒贈太僕寺卿。高祖德昌、曾祖夢巖，俱邑諸生。祖雲亭公諱延瑞，乾隆丙戌（一七六六）進士。由户部郎中出爲陜西潼商道，再任廣東糧儲道署臬司。父鑑菴公諱烜，乾隆丁未（一七八七）進士。公生於乾隆四十四年（一七七九）十月初九日寅時，卒於道光三年（一八二三）十一月二十八日寅時，享年四十有五。公生而明敏。四歲識字不忘，入童子塾，日讀八十行，朗朗成誦。十四歲，補博士弟子員。

公於嘉慶己未年（一七九九），後其父十二年以弱冠成進士；又於己卯年（一八一九），後鑑菴公八年，亦擢兵部侍郎。一時父子并階卿貳，在漢臣爲獨顯。公屢爲考官，舉拔大量賢才，賀耦耕中丞、唐鏡海方伯爲其尤著者，而唐鏡海對曾國藩一生行事均有深刻影響。公胸懷和厚，生平無疾言遽色，事二親，孝敬和悦，愉婉溢於顔色。公樂道人之善而不論人之短，識者多以休休有容目之。士大夫彬彬如也，公雍容揖讓於其間，中正和平。畜其德於前言往行之中，養其真於忠孝誠敬之内。懷才而不欲見其才，積學而不肯襮其學。促於年，而其施未盡，其藴不彰，天下惜之。

此次整理，所做工作只是點校，對學界已有成果多有借鑒。比如，對於賦稿的點校即藉鑒了《歷代辭賦總匯》的點校成果。對吴其彦的作品進行全面整理，在學界恐怕尚屬首次。由於點校者才疏學淺、能力有限，一定有不少訛誤缺憾之處，懇請學界方家不吝賜教。

目録

卷二 賦稿

卷二　詩稿

目録

卷四　詩稿

序

門生唐鑑撰

《藤花書屋遺稿》，余丁卯鄉試座師吴美存夫子之作也。夫子弱冠入詞林，淵厚有深志，不屑屑與等夷較短長。事二親，孝敬和悦，愉婉溢於顔色。晨昏之暇，讀書考道，舉古人之嘉言懿行，精研而默契之，而得其藴奥，遵而行之，若嗜欲然，藹如也。是以言誠、言敬、言謙、言和，皆不襲前賢成説而自得之深。有流露於不自覺者，言之平易即道之真實處也。其他攄寫性情、扢揚風雅，皆端莊、嚴謹、中正、和平，讀之使人起敬，繹之而可深長思也。憶昔在京供職，與夫子居相近，晨夕過從，不以不才弃之，親之、進之、奬之、掖之，優游而饜飫之，因得觀仰於動容周旋之中，體會於往來晋接之外。受其益者，在微不在顯；攻其瑕者，在精不在粗。回溯已往，蓋四十有餘年矣，而吾夫子儀型不可見，而吾夫子教誨不可復得。幸安谷太守善述善繼，以遺稿見示，藉以想見吾夫子之音容云爾！太守出守衡州署首郡，清風密雨惠我生民，亦即吾夫子之遺爱也歟，豈獨鑑一人之私慶哉！

咸豐五年歲次乙卯清和月，門生唐鑑頓首，拜撰於昭潭書院。

傳

湯金釗

君姓吴，諱其彦，固始人也；字美存，一字𧮭堂。世積穆行，厥考鑑菴先生，乾隆丁未進士；至嘉慶壬申，自通政遷兵部侍郎。君於己未，後先生十二年，以弱冠成進士；又於己卯，後先生八年，亦擢兵部侍郎。一時父子并階卿貳，在漢臣爲獨顯。君謝恩日，仁宗睿皇帝諭之曰：『汝父子皆官二品，當思爲國報效！』蓋上知君爲遠大器，所以培養而期望之者至深且厚。乃不幸以父喪去官，居戚成疾，力疾營葬而殞身，時年四十有五。朝之人知與不知，皆太息之。

君之爲文學侍從也，無吏治之責者也，然與有吏治之責者語輒孳孳，詢政事不倦。督學北直時，振民育德，厘剔奸弊，無不犁然有當。屢爲考官，號得人，賀耦耕中丞、唐鏡海方伯其尤著者。平居和易近人，無疾言遽色，樂成人美而好施。自官編修後，施以俸餘，歲遞增其數，意仍若有歉於人者然。

君與周氏夫人初婚也，有貧生某以納監應試事謀諸君，君亦絀於力而謀諸夫人，夫人即典妝奩以佐成其舉，而是生以捷聞。酈氏女賣失其所，君審爲儒家裔，亟倍資贖之，命繼室戴夫人育爲己女。戴夫人以養以教，相攸而嫁之。然兩夫人皆無子，側室郭氏生子集禧。集禧十一歲而孤，以蔭官刑部主事，集君之詩文若干卷并述其行事而請傳於余。湯金釗曰：『余與君同年館選。當散館時，君與張皋文、陳恭甫輩已改主事矣！朱文正公知諸君之才足培養也，言於睿廟，復授編修，乃無何而皋文終，恭甫養親歸不復出。君躋卿貳，朝廷方嚮用，天遽奪之年，可慨也夫！』

傳

門人唐鑑撰

公諱其彦，字譽堂，號美存，河南固始縣人也。先世居江右，遠祖諱君弼，元季以侍御出爲汴梁路總管。子揆一，遂家於商城。數傳至思名公，遷固始。公之太高祖大朴公，天啓壬戌（一六二二）進士，知廬州府。以禦寇功，卒贈太僕寺卿。高祖德昌、曾祖夢巖，俱邑諸生。祖雲亭公，諱延瑞，乾隆丙戌（一七六六）進士。由户部郎中出爲陝西潼商道，再任廣東糧儲道署臬司。自高祖以下三世，誥贈光禄大夫，妣三世贈一品夫人。父鑑菴公諱烜，乾隆丁未（一七八七）進士，改庶吉士，散館授編修，洊階吏部左侍郎，署户部倉場侍郎兼管錢法堂。以失察匠役滋事，罷職。旋起授中允，轉庶子，遷禮部右侍郎。誥授光禄大夫，妣許太夫人封一品夫人。生子二。美存公居長，次諱其濬，以殿撰官至巡撫，文章勛業另詳，家乘無俟覼縷。

公生而明敏。四歲識字不忘，入童子塾，日讀八十行，朗朗成誦。十四歲，補博士弟子員。乾隆乙卯（一七九五），領鄉薦，年甫十七。嘉慶己未（一七九九）成進士，改庶吉士，散館授編修。甲子（一八〇四），充順天鄉試同考官。丁卯（一八〇七），湖南鄉試副考官。遷左右春坊中允，充日講起居注官。遷司經局洗馬，翰林院侍講，侍讀右春坊右庶子。癸酉（一八一三），充順天鄉試同考官。遷翰林院侍講學士，侍讀學士，詹事府少詹事。丙子(一八一六)，江西鄉試正考官。署宗人府府丞，旋授内閣學士兼禮部侍郎，署工部侍郎。己卯(一八一九)，順天學政還兵部右侍郎。辛巳，丁父憂； 癸未冬，服除，卒於家。

先是鑑菴公嘗督學順天，嚴示師範，整飭士風。越九年而公繼之，一守鑑菴公之舊，而復濟以寬和。誘掖奬勸，極稱得人之盛。貢院底號坌積，則鏟除而墊壓之。書院旁房損壞，則捐資而補修之。順天府合屬考院在通州，每届府試、院試，生童齊集於此，而府界遼闊，遠者三四百里，近亦一二百里，生童於府試前即來通。院試時，各按縣綱分棚考試。其得一等及入泮者，皆須各屬正場，考畢，再行合覆送學院，起馬後始能散歸，合計須留旅店二三月之久。房租柴米無不昂貴，有力之家尚可支持，單寒之士每苦之。公計道路之遠近，定考期之先後。其最遠者最先考，次遠者次之。獲售者，即令隨棚覆試。覆試畢，即令各歸，不必久住。候送其花紅，亦各歸各學領取，至今人以爲便。

公訓誨士子，以立品爲先，尤專心於身心性命之學。嘗刻《人譜》一書，頒惠士林，皆家弦户誦，入而勿諼。其學院搜檢、巡墻等事，家人、學差多爲士子害。公將此輩全撤去，點名領卷，令教官眼同當面搜檢。封門後端坐堂上，只留教官數人監場，學差、家人概不令下堂，故士子莫不畏公之嚴而樂公之寬也。

公家自思名公輸粟賑饑後，雲亭公置學田、祠田、義田，鑑菴公益之，又建家塾，以教族人之貧者。鄉之寒畯應省試、禮闈，皆厚其贐。公在京，施粥與棉衣等項，每歲以數百金。後禄漸厚，施亦漸增。其於年誼、世誼、門生、故舊，有急需而力不能給，至典賣以應其求，不吝也！公丁艱旋里，值河水盛漲，淹斃不計其數，公捐資備棺掩埋。固始向有窮人店，來往者宿，給一文。公捐資付店，有來往一宿者，店給窮人一文。由是窮人有所歸，不至露處寒冬，無倒斃者。

公胸懷和厚，生平無疾言遽色，樂道人之善而不論人之短，識者多以休休有容目之，而非徒以名位之顯爲時流所艷羡也！公子集禧，以刑曹郎出爲衡州太守，署理長沙郡事。寓書請傳於鑑，追念侍教門墻，恍如昨日。山頽木壞未嘗一日能忘，所愧殖學膚淺，不克狀公之平生於萬一耳！

公生於乾隆四十四年（一七七九）十月初九日寅時，卒於道光三年（一八二三）十一月二十八日寅時，享年四十有五。元配周氏，前寶鷄縣知縣諱賡公女，繼配戴氏，前兵部尚書諱聯奎公女，皆封一品夫人。子一，集禧，正二品廕生，側室郭恭人出，湖南衡州府知府，署理長沙府知府。娶祝氏，候選同知諱鯤公女；繼娶陳氏，前任直隸天津府知府諱彬公孫女、詹事府主簿諱勳公女。女三，長適孝感庠生郭諱仲益公子，丙戌進士，詹事府左中允翊清；次適定遠附貢生議叙主簿方諱玉廷公子鐈；次適新城甘肅鞏秦階道陳名晋恩公子刑部主事景綸。孫三，長紹良，娶阜陽甯氏，浙江寧波府通判名振江女；次紹寬，娶六安祝氏，國學生名申堂女；次紹陶，聘商城黄氏，四川夔州府知府銘先公孫女、優貢生名殿申女。孫女一。曾孫二，長鵬年，次鶴年。曾孫女一。

贊曰：美存公吾師也，當慶光間，正學昌明，文華燦著。士大夫彬彬如也，公雍容揖讓於其間，不示人以异，亦不與人以同，中正和平。畜其德於前言往行之中，養其真於忠孝誠敬之内。懷才而不欲見其才，積學而不肯襮其學。促於年，而其施未盡，其藴不彰，天下惜之矣！

漢萬石君家，以孝謹聞乎郡國，雖齊魯諸儒質行皆自以爲不及。世之席豐履厚、能卑以自牧、處善循理者罕矣！嘉慶乙丑，瑞應童試，受知於鑑菴夫子。甲戌，入都謁美存先生，見其氣局涵泓不矜，名位不露，才華汪汪如千頃波，澄不清而淆不濁也！惜享年不永，未盡抒其懷抱。今讀先生家傳，益慨想其哲嗣安穀世講，與瑞同官比部，又同宦楚南，謹厚平易，克紹家風而勤於吏事，猷爲正未可量。足徵世德之家，劬躬燾後，顯榮褒大，彼蒼之報施不爽也！

咸豐六年丙辰歲仲春月，楚北世愚弟徐嘉瑞謹跋。

墓志

門人蔣湘南撰

本朝取士之制專重進士科，進士科得人之盛，莫如嘉慶四年己未（一七九九）。蓋當睿皇帝親政之初，星輝雲爛，景運方新，而總裁官又爲朱文正公，以神化之丹青亭毒群品，故能選驤躍龍而取之。五十年來所稱名臣循吏、儒林文苑皆輻輳於此榜，而吾師吳公美存先生年方二十有一，爲此榜最少年。入翰林習國書，文正公尤愛偉之。六年（一八〇一），散館改主事。翌日，奉特旨授翰林院編修，文正公之薦也。

公諱其彦，字美存。先世有諱思名者，在明正统時输粟賑飢以義民旌。至公之太高祖大朴公，天啓二年（一六二二）進士，知廬州府，禦寇，贈太僕寺卿。高祖德昌、曾祖夢巖俱縣諸生。祖雲亭公諱延瑞，乾隆三十一年（一七六六）進士，官至廣東糧儲道。自高祖以下三世，皆贈光禄大夫；妣皆贈一品夫人。公父鑑菴公諱烜，乾隆五十二年（一七八七）進士，官至禮部右侍郎，誥授光禄大夫；妣許太夫人，誥封一品夫人。

公生有至性，讀書穎异。年十四，補縣學弟子員，十七中乾隆六十年（一七九五）河南鄉試舉人，大爲座主襄平蔣礪堂先生所器。據文章定福澤，特置第十七名以寓傳衣之意。蓋襄平鄉舉時名在十七也！襄平後大拜，門生屬吏遍天下，獨於公奇賞不去口，嘗語人曰：『凡爲國家辦大事者，皆有福人也！』及公以四十之年官至少司馬，人始服襄平。有人倫鑒云：『公既受睿皇帝特達之知，爲編修官，又兼方略館、翻書房、文淵閣校理諸職，踵鑑菴公後，以史局爲家學詞館，榮之嗣後。每晋一階皆出特旨。』二十年（一八一五）春，以侍讀學士與工部侍郎顧皋、内閣學士張鱗同修《石渠寶笈》，亦特簡也。每召對，天顔温霽，奬其謹慎。二十四年（一八一九）秋，督順天學，請訓時，上曰：『汝父在京，以汝爲順天學政，便於歸省。』未一月，擢兵部右侍郎，諭之曰：『汝父子同官二品，當思爲國報效！』聖情肫篤，不异家人父子矣！公感睿皇帝知遇之隆，以翰林官專司文字，無可圖報，每於使旌所莅矢公矢慎，務使海無遺珠，且以文章觀人福澤預儲爲國家异日之用。凡同考順天鄉試者三，典江西鄉試者一，湖南鄉試者一。所取之士，爲中外官皆有名於時，洵能傳朱文正、蔣礪堂兩先生之教也。

先是，公父鑑菴公爲順天學政，性剛正，人畏之如嚴師，目爲『吴文端公』。公則休休有容，納士於春風中而薰沐之，薄技片長，奬借無已。人樂其寬，目爲『吴文和公』。刻劉蕺山《人譜》分給各茂才，以示敦行之鵠。一時文風丕變，多士鼓舞於不自知焉！

道光元年（一八二一），鑑菴公卒於京邸。明年春，公扶柩歸里，居里門者兩載。值大水，漂男女無算，公捐資拯救，多所全活；已斃者尋棺以葬。復置悦生堂於東關，以惠窮民之無告者。

聞倡家有蘇州世族女，被人拐賣，贖之，招其父來，爲具奩嫁於士人。蓋公之好施出於天性。自其爲翰林時，已時時以周急爲務。不足，則典衣或典夫人釵環佐之。又好栽植後進，選入家塾督課而獎勵之，湘南即親受業於公者也。

道光三年（一八二三）十月，服闋，以微疾遽卒，年四十有五。聞之者异聲同嘆，莫不謂天奪善人之速也！公蘊和平篤厚之德，擅承明著作之才。木天起家，卿雲繼武。持節以導揚皇化爲職業，居鄉以扶樹善類爲事功。聖天子方以公輔待之，天下人亦想望風采以爲儀廷之鳳，然而回翔侍從未親簿書，霖雨之施涵而不潤，徒令人致嘆於經綸之未竟而已！

公生於乾隆四十四年（一七七九）十月初九日，卒於道光三年（一八二三）十月二十八日，已於十六年（一八三六）十一月十三日葬公於固始高廟集之西南鄉。公元配周氏，寶鷄縣知縣諱賡公女，繼配戴氏，兵部尚書諱聯奎公女，皆封一品夫人。子集禧，正二品蔭生，刑部山東司主事，側室郭安人出。女三，長適孝感庠生郭仲益公子，詹事府左中允翊清；次適定遠附貢生議叙主簿方公名玉廷子鐈；次適江右現任陝西陝安道陳公名晋恩子景綸。孫四人：長紹良，次紹寬，次紹琳，次紹陶。

銘曰：

淳曜秉精，岳靈育德。繼體二勛，庭聞是則。攬轡皇衢，帝心攸屬。黑頭稱公，蒼生錫福。

文章報國，霖雨未施。儲材備用，亦惟天知。天不祚年，朝野同嘆！棣萼方滋，佑啓彌健。大别巍巍，惟水孔長。靈風不沫，以惠梓桑！

卷一　文稿

閑邪存誠論

古聖賢窮理盡性以至於命，其道至大，其詣至精，而其功則必自存誠始。『成性存存，道義之門』，此非一朝一夕之所能幾也。一念之私，一事之僞，不可謂誠；氣質之偏，物欲之蔽，不足言誠。則邪之爲害匪淺也。

在《易·乾》之九二有『見龍在田，利見大人』之象，子曰：『龍德而正中者也。』又曰：『庸德之行，庸言之謹，閑邪存其誠。』此克己復禮之明效大驗也。夫元、亨，誠之通；利、貞，誠之復；物與无妄，誠之原；五常百行，誠之著。天以誠爲萬物資生，聖人以誠爲萬物立極，誠之爲義大矣哉！

然誠者，天之道；誠之者，人之道。天之道，不思不勉，從容中道，所謂由天授，非人力也。人之道，則擇善固執，未能真實无妄，而欲真實无妄，閑邪之功不可緩也。所謂邪者，不中不正之謂也。不得其中則偏，不得其正則私。『人心惟危，道心惟微。』偏私之念，有以間之，其去誠遠矣！則一言也而虛妄隨之，出話不然，爲猷不遠；一行也而詐僞將之，『發乎邇，見乎遠』，一身之踐履不篤，千里之從違難信矣！必也瞬有存，息有養，明以燭其幾，健以致其決，非禮勿視，非禮勿聽，非禮勿動，非禮勿言。閑乎外，所以養乎中也，『戒慎乎其所不睹，恐懼乎其所不聞』。静爲存，斯動爲察也。其始也，惟日孜孜，小心翼翼，『立則見其參於前，在輿則見其倚於衡』。百念之密，猶恐一念之疏；萬事之勤，猶恐一事之惰。其繼也，私欲盡去，天理流行。成己，仁也；成物，智也。言皆庸言，吐辭可以爲經；行皆庸行，舉足可以爲法。無一念之或邪，自無一念之不誠矣。

蓋修身之要，在乎正心；正心之端，在乎誠意。己既克，則禮可復。人欲净，則天理全。所謂勉强學問，則德業修，而道益明；勉强政事，則日起而大有功。以之爲己，則貞而固；以之爲人，則愛而公；以之爲心，則無欲而通；以之爲天下國家，無所處而不得其正。至於『善事而不伐，德博而化』，則效之所及者甚大，而存誠之功益密矣！

有大者不可盈故受之以謙論

聖人作《易》，所以消息天地之情、酌劑人物之性，裒多益寡，原始要終之至道也！六十四卦，循環無窮。上經，首《乾》、《坤》，至於《大有》之卦，可謂全盛之時；而繼之以《謙》，豈有鑒於《否》、《泰》之反其類哉？《序傳》稱：『有大者不可以盈，故受之以謙。』其義至精至切，試敷陳而論之。

《大有》之卦，火在天上。火之處高，無不照見；一柔居尊而得中，五陽應之，故大善而亨。應天順人，自天祐之。功崇而光遠，德盛而福備，鮮有大而不盈者。盈則溢，溢則虧，必致之勢也。《謙》之爲卦，地中有山。地體卑，山體高而居地之下，《謙》之象也。有而不居，止乎内而順乎外，則亨通而有終。安履乎謙，終身不易。自晦而益顯，自卑而益尊。雖居大有之位，克存恭讓之心。至於勞謙有終，不富而以其鄰，是真終日乾乾，有功德而不與者，即《大有》六五之位也。

《大有》六五，若專尚柔順，恐生凌慢，故必威如，則吉。而《謙》之六五，亦以『利用侵伐』爲言，何哉？蓋謙之爲道，自天子以至於庶人，皆當用之，而位各不同，故行之各有其義。居無位之地，謙謙君子，卑以自牧，培養其德，至於無可爲之際。勞而不伐，有功而不居，雖謙讓不遑，亦非安於柔懦也！君道，驕則多患，柔亦廢弛。爲人君而持謙，順天下所歸心，然必威武。自勝則遐邇懷服，故利用侵伐，如舜禹征有苗，舞干羽於兩階是也！

《易》之理無所不包。滿損謙益之機，伏於無形。不矜不伐，大聖猶難之，必也平時克去己私，居敬行誠，剛柔相濟，不偏不倚，則雖建非常之功，皆吾分之所應爲，所以攸往咸宜也！有大者鮮不滿盈，聖人懼之，示以謙之理，此即堯舜之持盈保泰，君臣交儆，戒盛滿之志，繫苞桑之固也！即在常人，孰不當體此心，豈獨有位者哉？

載采采論

爲政在人，用人必先知人，知人之方不易也。夫有德者藴於心而見諸行，成其名者務其實。然一望而知之，非大知不能。即循名察言，尚不足爲確見，必也實考其行，歷試其事，信而可徵，然後用之不疑。

此非獨爲中人言也，自古堯舜禹湯，皆以知人爲切務而難之。嘗讀《皋陶謨》，曰：『亦言其人有德，乃言曰：載采采。』誠用人之要也。政不獨治，必資賢才。博訪勤求，虚心下士，或因人推薦，或自見其賢。與之漸摩浹洽，視其所爲，觀其所由。不徒因有德之名，而必考其德之實；不博好賢之譽，而必究其才之宜。不以吾好惡之偏存於己，不以吾予奪之權假諸人。推赤心於其腹中，辨實行於其素履。去疑忌之私，受諫諍之直。如此，所用必得其人，所治必盡其美，民安而事理矣。

人之修德，不出皋陶之九目。以此自修，既藴於中，即以此求人，無不當也。其人有某德，必有某事可爲信。驗事與德符，名與實應，則作僞而誤者，鮮矣。德者，事之本；事者，德之標。徒曰有德，而不見之事，則德爲虚言。不察其實行，而聽其虚言，即用之治民，可乎？夫欲察人之實，必於平時克去意見之私，廓然大公。若果賢也，即仇敵必用；若果不肖也，即親黨必去。堯知丹朱不肖，以天下與舜，是誠大聖所爲。其知人之明，不待言矣。然姑徇四岳之薦，用鯀治水，九載弗成，以大聖尚有不能盡知人之哲者。故曰難也。

人主之用人，欲人人而考之，事事而核之，亦不勝其勞，惟於一二輔丞，必選公忠正直者，爲衆之表，又能隨時隨事而用明睿之照，則天下之人，望風率德，不肖者遠矣。即偶遇一不肖者，去之勿疑，亦不吝其改過也。後世人主，非誤用小人，則明知其爲小人，自文己過，而悦其小忠小信，用之益堅，其害有不可勝言者，皆以私不以公，信僞不求實之弊也。可不慎歟！

思其艱以圖其易論

天生民而立之君，使司牧之，將以登群生於衽席，躋一世於平康也。故盈止之頌，雖遍於海隅，而鞠謀之心，仍勤於堂陛。《書·君牙》之篇曰：『思其艱以圖其易。』誠養民之大要也。夫小民生聖人之世，引養引恬，有年有幹，樂樂利利，鼓腹含哺，亦幾忘帝力於何有耳。而暑雨祁寒，則怨咨時聞。

然則聖人之於民，豈能一日去諸懷哉！一民饑，曰『我之饑』；一民寒，曰『我之寒』。饑與寒，是民之艱也。饑則授之食，寒則授之衣。食與衣，是民之易也，思之則必恤其疾苦。凡所以綢繆而維持之者，爲倍摯圖之，則必予以温飽；凡所以經營而康乂之者，爲至周，是以法宫高拱。雖玉食萬方，而未嘗忘小民之藜藿也；雖龍衮黻冕，而未嘗忘小民之襏襫也。雖處乎廣厦細旃之上，而未嘗忘閭閻之胼胝也。

康功田功，日不暇食，諮詢之，籌度之，復熟思而審處之。生之而不傷，厚之而不困，兢兢焉，孜孜焉，必使無一夫之不獲而後即安。思之深，圖之切，蓋聖人之憂民如此。乃百爾執事，有理民之責，而無勤民之政，或董戒之鮮方，或拯救之乏術，其何以稱聖天子惠愛元元之意哉？且天下之大，兆民之衆，誠非一人所能獨理。群臣苟盡心爲國，去因循怠玩之積習，諄諄以民瘼爲念，既耕牧以優之，使生其贍足之樂；又教化以柔之，使養其廉耻之心。富庶之經，預商於平日；補助之計，復籌於臨時。道一風同，時雍於變，豈不懿哉？周公曰：君子所其無逸，先知稼穡之艱難。周公亦人臣也，豈苐以克艱之旨，專責之君上乎？

君子議道自己而置法以民論

今夫好惡，情也，所以好惡，性也，率性而行之謂之道，遵道而守之謂之法。天下無道外之法，又安有法外之民哉？然而君子固不遽求之民，而惟先責諸己，何也？己者，民之表，君子不以己所能者病人，尤不以己不能者望人。《記》曰：『君子議道自己，而置法以民。』其言可深長思矣。

夫曰民彝，曰物則，皆道也；　曰明道，曰體道，皆議道之謂也；　曰允迪，曰慎修，皆議道自己之謂也；　始之以誠，所以堅好惡之念，反身以誠也；　要之以敬，所以端好惡之本，修己以敬也。其自日用飲食，以及哲謀肅乂之精，禮樂刑政之大，斤斤焉，必揆諸心，措諸事，不使有幾微之未協，而後即安，蓋與道大適矣。由是以本身者徵民，以修道者置法，道根於宥密，而法則顯諸迹象。誘之以民之所當爲，則民知所勸；　示之以法之所不當爲，則民知所戒。

《孝经》曰：『非先王之法言不敢言，非先王之法服不敢服。』蓋謂法也。修六禮以節性，明七教以興德，齊八政以防淫，蓋謂置法以民也。『無有作好，遵王之道；　無有作惡，遵王之路。』蓋謂民之能依法以率道也。民不背道，即不背法，『群黎百姓，遍爲爾德』，不誠一道同風之世哉！且夫『君者，出令者也；　臣者，行君之令而致之民者也』，聖天子宵衣旰食，思艱圖易，固已納天下於衽席，登兆姓於時雍，而猶孜孜不怠，幾康交儆，念飢溺之由己，思消沴以召和，可不謂责己重以周乎？而爲人臣者，亦宜體朝乾夕惕之心，以砥礪厥躬，而爲民之倡。《禮》曰：大臣法言，守法之臣不可以不法也。可不勉哉？

莊敬日强論

古聖人内治一身，外治天下，其所以享天心，端主極，高明有融，福禄爾康者，莫不自兢兢業業之一念。基之《洪範》，五福以壽爲先；華祝三多，以福爲首。當其明良交贊，康强逢吉，如日之升，如月之恒，人以此爲凝庥篤祜之徵，而不知其敬天勤民，夕惕朝乾，固無一事之敢慢，無一時之或怠也！《禮》曰：『莊敬日强。』誠治身治世之要道也。

夫敬者，德之聚也。《書》之美堯曰『欽明文思』，美舜曰『温恭允塞』。益贊禹曰：『儆戒無虞，罔失法度，罔游於逸，罔淫於樂。』伊尹述湯之德曰：『顧諟天之明命，以承上下神祇。社稷宗廟，罔不祗肅。』周公述文王之德曰：『徽柔懿恭。』又曰：『自朝至於日中昃，不遑暇食。』太公以《丹書》戒武王，亦曰：『敬勝怠者，吉。』先王之盛德，『猶無不難也，無不懼也』，於是有旅賁之規，有官師之典，有讐御之箴，所以儆其玩愒也；有祭祀之儀，有朝覲之儀，有射饗燕食之儀，所以昭其謹慎也。

至於一舉一動，行步則有環佩之聲，升車則有鸞和之音。居處有禮，進退有度，而後惰慢之氣，不設於身體；怠忽之心，不萌於志慮矣。夫是以清明在躬，志氣如神。『富有之謂大業，日新之謂盛德。』天庥滋至，壽考無疆，四海仰緝熙之聖，萬年荷平成之福也。

蓋人受天地之中以生，莫不有動作威儀之則，以定命也。心中斯須不和不樂，而鄙詐之念入之矣；外貌斯須不莊不敬，而慢易之心入之矣。『心莊則體舒，心肅則容敬。』以之治身則壽而康，以之應事則正而固。敬以直内，而有剛毅不拔之操；莊以臨民，而有嚴翼可畏之象。命以此定，身以此修，家以此齊，國以此治，而天下以此平矣。

今夫乾之行健，坤之利貞，恒之悠久，此天地之所以終古不敝也。至誠則不息，不息則悠遠，悠遠則博厚，博厚則高明，此聖人之所以純亦不已也。大采朝日，小采夕月，小心翼翼，惟日孜孜，此天子之敬也。朝考其職，晝講其庶政，夙夜匪懈，以事一人，此卿大夫之敬也。交相咨儆，不敢怠荒，則庶政具修，百度惟貞。蜚英聲，騰茂實，上咸五，下登三，國家億萬年無疆之慶，胥基諸此，不其懿歟！

和與同异論

『惟天聰明，惟聖時憲，惟臣欽若，惟民從乂。』君道在乎法天，臣道在乎敬君。本無欺之念以事君，則謂之誠；本匪懈之忱以事君，則謂之忠；至於天地交泰，上下一德，則謂之和。和之象，有似於同。然而正自有辨，辨之於其心，非辨之於其迹也。迹與之同，而心亦與之同者，和也；迹不與之同，而心與之同者，亦和也。若夫心不與之同，而迹與之同，則但謂之同，而不謂之和矣。

春秋晏子，齊之賢臣也；梁丘據，齊之佞臣也。梁丘據惟景公之言是從，而莫之或違，景公遂以爲和。及聞晏子是同非和之對，而景公又問曰：『和與同异乎？』晏子對曰：『异。』此陳善閉邪之意也。嘗考《虞書》『元首明哉！股肱良哉！庶事康哉』，『謨明弼諧』，極千載一時之盛，和之至矣。而帝猶曰：『汝無面從。』蓋面從則是同，而非和也。又考《商書》『用汝作礪』，『用汝作舟楫』，『用汝作霖雨』，亦可謂和之至矣，而又繼之以啓心、沃心之語。夫曰啓曰沃，則是和而非同矣。

今夫乾之德，主於剛健；坤之德，主於柔順。『大哉乾元！萬物資始』，『至哉坤元！萬物資生』，此天地之和也。『冬無愆陽，夏無伏陰，春無淒風，秋無苦雨』，此四時之和也。爲臣者，『思日贊贊』，『思日孜孜』，『敬爾有官，亂爾有政，以佑乃辟，永康兆民』，其責可謂重矣！必也本之以忠誠之志，出之以靖共之心。政必審其得失，言必察其可否。一事而關乎社稷之重，一行而繫乎蒼生之命，則必直言無隱。君所可而臣曰否，君所否而臣曰可，有諫諍之誠，無將順之意。千人諾諾，一人諤諤，則和而不同之義也。

若夫聖天子在上，經緯六合，綱紀四方，政成民和，法良意美，運一世於仁壽之宇，納億兆於福禄之林，屬在臣工，奉令承教，何得矯同立异以博敢諫之名？君所謂可而臣亦曰可，君所謂否而臣亦曰否。『咸有一德，克享天心，受天明命』，則亦謂之和，而不謂之同。如五味之無不調，五音之無不諧；如天地之和而風雨時，如四時之和而寒暑正。至於『山出器車，河出馬圖，鳳凰、麒麟皆在郊藪』，無非和氣之所薰蒸，和衷之所共濟者矣，豈不盛哉！

瓣香書屋小記

瓣香書屋者，吾春皋夫子之家塾也。夫子學探經笥，職躋憲臺，以讀奏之餘閑，課從游之弟子，而通德門。高公超市隘，因於室之西偏，别葺精舍，方纔數武，廣不由旬。一間之屋，環以藤陰；五尺之臺，階以石磴。玲瓏窗小，曲录榻横，湘几塵清，牙籤風動。菊摇黄而影碎，苔浥緑而痕新。晨昏伴我，惟有琴書；花樹怡人，祇供瓶鉢。雙扉月霽，客停問字之車；三徑秋深，人到談經之舍。夫子喜其幽寂，而思有以額之也。

先是，蝸廬甫構，蝶夢頻徵，幻境依稀，濃香馣馤。博爐未暖，誰爇都梁；寶鼎不温，忽聞艾納。帷搴蕙馥，簾密棗薰。一庭樺燭之烟，四壁旃檀之氣。越日，而哲嗣小華，孝廉捷音至焉。南天迢遞，直達魚書；北樹森濃，時聞鵲噪。小閣初成，正桂斧掄材之候；生香不斷，乃莘笙奏曲之時。然則額以『瓣香』迪後學，亦以志吉夢也。彦早附執經，敢呼都講。承先世之清芬，叨塵芸館；憶昔年之薰炙，許侍禮堂。青氈漏永，常親文字之香；絳帳春融，即入芝蘭之室。是爲記。

祭伯父文

竊彦自束髮受書，即與伯兄同塾。時吾父隨大父任粵東，伯父在家督課，寬嚴兼備。及彦初學作四書文，每成一藝，雖經塾師改竄，而尚有未愜者，伯父必反復更定，或自構一篇，使彦習讀之，知所趨向。

甲寅，彦應鄉試，伯父挈彦之省，鍵户课誦，使不與聞外事。次年乙卯，復挈彦之省，彦忽感時症，久弗瘳。伯父每慨然曰：『此子文似可中，倘因病不入場，則虚此來矣！』請陳太翁診視之，凡所開藥餌，伯父必親自料檢，而中夜傍徨，幾十數起。彦從今追憶之，猶泪涔涔也。

是秋，彦省試獲隽，伯父喜形於色，復挈彦之省。事竣，又挈彦之鄧州。時吾父典試黔中，過鄧，遂挈彦之京。丙辰，吾母夫人入都，伯父復伴送之。伯父初欲改就京職，格於例，遂選山西武鄉縣。冬底，又挈彦回家，使贅婚於周氏。計此數年中，僕僕道途，伯父未嘗言瘁也。

嗣是，宰山右，政聲卓越，奉調得汾陽縣。汾陽案牘之繁，甲於晋省。伯父晝夜清厘，幾無暇晷；而摘伏發奸，邑人神之。然積勞之餘，精力正大耗矣。卓异升解州，伯父以患痔，不能任繁劇，乃解組歸里。又以邑居過隘，緣構别墅於西鄉之稻香村，水樹迴環，間以亭榭。伯父將以此爲娱老計，而問字者接踵而至，伯父復口講手畫，昕宵靡倦。

噫！此二十餘年中，彦固未嘗一侍左右，親奉色笑也。道光之二年，彦扶吾父櫬旋里，見伯父形色慘沮，一晝夜腹瀉數次，蓋痛結於心，而貌益癯矣。閱數月，精神漸如舊，爲彦等講説堪輿。命彦等親詣毛家塋一帶，尋步龍身，周歷岡巒，彦等證以諸形，家言似尚吻合。嗚呼！此伯父十數年之辛苦，代吾父所預卜者也。痛哉！

本年，彦與濬弟日侍伯父膝下，聆伯父教言，閑談及山西讞案，興致娓娓。交秋後，彦忽發肝氣，伯父猶囑以静養，乃彦自不知檢，染患時瘧，卧床四十餘日，不遑一問起居，而孰意伯父竟舍彦而長逝也耶！彦於諸侄中，蒙伯父鍾愛最摯，凡詩文中之一知半解，皆得自伯父之訓迪，乃病不及知，殁不及知，嗚呼痛哉！伯父殁之後一日，濬弟始爲彦言，伯父屬纊之夕，無纖悉巨細，皆親自檢查；無大小長幼，皆各有所囑，神明不衰，剋期而逝。嗚呼！去來之明如是。非吾伯父胸懷淡定，學問深邃，烏能齊彭殤一致哉！

姊丈王君事略

姊丈王君，諱鳴球，字咏齋，河南固始人也。自余姊歸君時，君已冠，能文，而余甫束髮受書。君顧弗薄余，每引余共筆研。癸丑，君與余就童子試；乙卯，又同應省試。余獲隽，君輒報罷，君固泊如也，而余姊殊怏怏。嗚呼！姊以孝謹事翁姑暨夫，尤喜讀書，明大義，嘗願以科名顯其家。

而君乃不獲一第，姊竊恐其學之將落，而又嘆君之數固奇也。君素饒於財，遇貧無告者，未嘗不佽恤；求者無厭，或從而訾議之，甚且以危事中之。君自是懷不平，挈眷至京師，以資爲郎，官工部。君自恃體健，不節勞。癸亥春，沉疴幾危，勺飲不能進。姊夜設香案，籲天請代，以頭搶地，頭盡腫。家人掖之起，姊且起且泣，引刀刲臂肉，忍痛和藥，强君飲。君未之審也，終夕得安寢，翌日而瘳。堂上驚且喜，而余姊益憊矣。姊由是絶葷茹蔬，日誦經百遍，冀以延君壽。君體幸無恙，而姊以丁卯歲没。没之夕，執君手而示以臂，瘢痕宛然。君大哭失聲，誓不復娶。嗚呼！姊死矣，姊死而君存，撫其子，以勖其有成。姊雖死可不恨，奈何姊死而君亦相繼以死耶！君尊甫家居，弟梧岡官浙江司馬。戊辰，君返里，旋之浙，以念母不置，急馳歸京邸，染暑成疾。醫者誤投以葯，遷延變疽症，疽潰遂不起。夫庸醫不能使人生而能使人死，且使之酷毒以死。嗚呼！醫之禍亦慘矣！

君性醇謹，甘淡泊，衣食如寒素，居官恪交友，直畜臧獲，慈與人言，訥訥若不出諸口，而好義樂施。辛酉歲，京師大水，君輸二千金以拯飢民，士論韙之。嗚呼！君生平篤於善，姊實爲之助；姊之厚期於君者，既遠且大，而君學不副其愿，行不獲其享，竟與姊先後以死。嗚呼！可悲已！君之孤庭蘭，齒方稚，性聰慧，余姊垂没時，諄諄以課子屬君。君已矣，不及見其成矣。然以君之德，與姊之賢卜之，其孤必克自樹立，以慰君與姊未竟之志也。余知君悉，故述其略，以告庭蘭使識之。

余識工部久矣，其助賑事可風也，好善若是，又得賢婦人以爲之佐，而卒不永年，讀此文，使人增感慨然，工部以此不死矣。史官福州陳壽祺跋。

張孝子傳

孝子張珩，河南固始人也，性質直，不諧於俗，鄉里因目之曰『懶』。張事母以孝聞。嘗傭工於外，或遺之肉，則携歸以啖其母。及母卒，遂終身不食肉。母墓去珩舍六七里，珩日詣墓次。晨昏定省，事之如生，服竟不稍輟。母畏雷，每陰雲晦合，珩聞雷聲殷殷，輒跪而泣曰：『珩在此，母勿怖！』會大旱，邑令將遍走，群望以珩孝乃延。珩禱雨，雨降，時嘉慶十四年也。道光二年，珩卒。逾年，其彦以父喪歸里，里人猶爲其彦言之不置。嗚呼！珩木工耳，非有神异之術，如漢世欒巴、李季子者，而顧能立致甘澍，沾潤一邑，天特欲章珩孝，以爲爲子者勸也。

直隸永平府知府張公墓志銘

君諱運照，字蘇菴，號晴原，姓張氏。先世自安徽潁州之阜陽，遷河南祥符縣。曾祖諱天幟，候選州同知；祖諱開第，廣西河池州知州；考諱文茂，國子監生，贈朝議大夫；妣宋氏，贈恭人。君年十六，爲縣學附生，逾年，爲廩膳生。乾隆己酉，充拔貢生，朝考二等，選南召縣訓導。乙卯，河南鄉試中式；嘉慶己未，會試中式，賜同進士出身，授刑部主事；癸酉，遷員外郎；甲戌，遷郎中；丙子，除山東監察御史；戊寅，出知直隸永平府。庚辰十一月初六日，卒於官，春秋六十有二。配徐恭人，杞縣人。子二，丙煐、行藩；孫二，翊國、翊敬；女一。

君少有領聞，内行尤淳，備年四十，鬒髮宜白，斤斤謹質，形於體貌。與人交，不設城府。其官訓導也，勤於其職，以德藝與諸生相切劘。嘉慶丙辰，川楚教匪滋事，南召戒嚴，君與守土官悉力協禦，城賴以完。嘗奉檄轉輸糧餉，出荆襄鄖鄧間，烽火四起，君策麾從者曰：『勿怖！』躍馬横厲間關，抵幕府，大帥壯之。君諳習刑名，主奉天司，讞稿十有八年，量決明允，又出使河南、湖北、廣東、江南、直隸，訊辦疑獄，具得可。

二十二年丁丑，仁宗睿皇帝東巡盛京，君以永平府知府率所屬供頓除道，部分整理永平，故多留牘。君下車察判，務得其情，其他詰奸禁悍，矜寡析愿，一切便於民者，以次施行之，將悉抒其所蘊，而君已賫志歿矣。君配徐恭人，嫻婦儀，治家有法，先九年卒，丙煐將以某年某月某日，合葬君暨恭人於某原。其彦與君爲同年友，因次君行事，素所見知者，志其墓。銘曰：

蓬池樛流，夷山麓中有幽宫。豐碑矗，豐碑易泐名不朽。北平之萌歲尸祝，祝君有穀，詒子孫門基，無忝昌若淑。

卷二　賦稿

北郊賦　以夏至之日祀於北郊爲韵

蓋聞事莫重於明禋，典莫隆於祀夏。惟媪神之蕃厘，功配天而秩亞。欽御製之閎深，贊陰陽之元化。比盛儀於泰壇，席白茅而用藉。將以崇德報功，祈年卜稼。達昭事之精誠，感休和而敬迓。

時則離照稟權，祝融宅位。穀雨潛滋，麥秋既至。當瓜生菜秀之初，正桐豫棣通之季。天子於是恤然蕊神，穆乎沉思。曰物生於天，成於地。本二儀之同尊，亘萬祀而一致。吾欲迎厘三神，綏禔庶類。敢弛嘉薦之誠，而忘報本之義乎？乃申明詔，命有司。咨泰折之舊典，召常伯而戒之，習射牛之制，稽食特之辭，嗤博鳥之説，詳省犢之儀。議先甲而展禮，練吉戊而陳詩。臚仲春於月令，莅來歲於肆師。爰以調五緯，燮四時。肸蠁乎上靈，昭格乎陰祇。於是挈壺撰辰，容臺諏吉。封人壝宫，野廬清蹕。紺幄蔚其霞褰，綺幕紛以雲密。必先期而潔壇，睹禮文之咸秩。上乃蜎蜎蠖濩，神凝志壹。合微於漠，應天以實。滌慮乎穆清，宅心乎静謐。考乘輿之登降，覽成憲而備悉。揆遠近之所宜，規步趨而罔失，時則猶未祀也，而致齋已三日矣。

然後太僕翊輪，顏倫奉軏。法駕夙陳，質明將祀。肆玉軑而下馳兮，節金根而戾止。屯萬騎於雲中兮，齊鳳蓋之邐迤。殷若雷震，迅若電駛。爛若星陳，譎若波委。總總撙撙，裔裔纚纚。集乎禮神之囿，登乎頌祇之畤。遂張氈案，備璠璵。設其鐘磬，列其齊菹。酌元瓚之觩觺，昭華覆之容與。雕禾飾畢，薦以嘉蔬。煮鬯承罍，實以稿魚。潔火升而風馬下，芳薪舉而雲旗舒。神迟迡而降儀，儐暗藹以相於。伊對越之維虔，信陟降之不虛。洞洞乎，屬屬乎，蓋大禮之告備，而君臣歌以樂胥也。帝容惟穆，天顏可即。柴燎之文既具，拜獻之儀罔忒。六宗隨光，庶徵協極。二曜甄明，五精帥職。雨爲霖兮三日，雲成裔兮五色。鄗黍江茅，穄麥膜稷。諸福之物，莫不畢植。休貺之應，以次而得。則雖殷薦上帝，周崇明德，晋康之擇日於巳，漢光之營位於北，曾何足仿其萬一，擬其極則哉？

頌曰：

惟坤載物，闡天苞兮。惟聖御宇，希燧巢兮。禮官辨朔，詣北郊兮。崇壇屹立，曳翠髾兮。掃地尚質，用陶匏兮。酒醴粢盛，充大庖兮。千福一誠，協泰交兮。

應天以實不以文賦 以題爲韵

聖天子德鏡高懸，意珠朗瑩，宰物爲衡，析心若稱，燮泰極而功調，闡乾符而位定。故披文相質，乃造化之充周；而崇實黜浮，惟皇心之默應。洪濛剖判，垂象者天。兩儀彰其黼黻，萬彙荷其陶甄。播光華於日月，騰糾縵於星烟。霄漢則九光翕赩，灘渙則五色昭宣。絢夏藻春，悟文章之可假；裁雲織霧，信文采之相宣。此天之所謂文也，非不燦九垓而耀八埏。然而象緯所呈，鴻鈞有以。化不言化，誰握其樞？工不言工，孰窺其旨？誠通誠復，早乎聲臭之先；無貳無參，默契清虛之始。蓋光之華者實必遂，固橐籥之真精；而實之至者名斯歸，亦苞符之定理。惟我聖皇之御宇也，披羲圖，揆軒律，宰治盧牟，基心宥密。敷庶績於熙辰，斟一元於太乙。奉無私以參三，建有極而抱一。溯麗鴻於闔闢，天事質而地事文；準旋蟻於璣衡，春爲華而秋爲實。是以模範十端，含囊萬物。以健應天而政體諸恒，以和應天而氣宣其鬱。以八徵應乎天，而哲謀肅乂，靈應叠臻。以五位應乎天，而南溯東西，聲教四訖。以禮樂應乎天，而律度之立也，秩然藹然。以德刑應乎天，而賞罰之加也，僭不濫不。不尚空言，不崇虛美。不取乎度數之紛繁，不事乎節儀之縟靡。昭其質也，存古制於陶匏；何以文爲，緬高風於鉶簋。等大圭之不琢，瑟如奐如；嗤飾韇之勿庸，雕以樸以。所以甘霖優渥，瑞雪繽紛，榮光效順，佳氣呈氛。皆皇衷之感召，元化之氤氳。然猶調風昃旦，索燭宵分，蜚英騰茂，飭儉肄勤。却奇珍而弗貴，屏靡麗而不聞。戒太平之粉飾，除符瑞之虛文。遂乃敷化丹青，齋心太素。布闓澤以斂時，錫春祺而蠲賦。通微合漠，暘雨則應念而孚；責實循名，幾康則惟勤是務。所以揭立誠於御論，文質相宣；繹合撰於宸章，清寧協度。

擬李程《日五色賦》 以題爲韻

玉鏡澄氛，珠囊壹軌。雲呂摩青，日輪捧紫。若木絢其晶英，扶桑舒其祥花。景爛朗以爲章，采陸離而可擬。十色霄蒸，九光晝綺。赤曜騰暉，丹暘焕晷。蓋天啓其符，地儲其祉。用甄靈貺於一人，而備協夫庥美。若乃慶驗流珠，占徵抱珥。溯復旦於堯年，稽再中於漢紀。黄人守而帝道昌，朱衣輝而王業始。靡不摛頌祥經，臚歌禎史，侈瑞金莖，甄明玉李。然特彰其符應之感昭，而未狀其五色之旖旎也。

徒觀夫宫烏啼曉，天鷄唱晴。萌芽太乙，燃燧長庚。圜靈不夜，河鼓無聲。繽紛一色，皓曜千程。迓晨光於璧府，散灝氣於金城。絳樓紛以瑰麗，碧漢蕩其晶瑩。琪玉之花四照，潍涣之水重明。郁郁層霄，盈盈初日。巇鳳聲高，銜龍影疾。蒼赤詭暉，丹黄錯質。矩叠規重，葩分藻密。初翕赫以豐融，漸爓閬而燡燁。終煜爚以熿煌，又烷烻而燦溢。遠而望之，若祥虹之貫星樞；迫而察之，若文瀾之縈海室。於是涵以五色之波，映以五色之土。露五色而膏融，雨五色而春煦。雲五色而成卿，霞五色而似組。細柳烟濃，蟠桃霧聚；錦綉風舒，斑斕石補。曈曈曨曨，紛紛縷縷。照世界兮大千，儷地天兮數五。萬寓爲之磷彬，八紘爲之藻黼。遂乃螢爝光潜，蟾陰彩匿。縟宿奪鮮，練峰掩飾。馴翟失暈，舞鸞斂翼。景奕奕而上騰，焰炘炘而遠塞。紅霱爍以流離，黄熉爛以歛艳。幠繪不能形，離朱不能測。雲中之火鏡千重，天上之晶盤一色。頌曰：

惟德動天，鞏洪祚兮。如日之升，闡陽布兮。容光所照，群景附兮。華曜紫穹，麗躔度兮。北熿南煬，金甌固兮。倬彼昭回，系以賦兮。

日升月恒賦 以罄無不宜受天百禄爲韵

姬籙化光，乾符瑞應。治洽泰交，詩歌保定。欣多福之是貽，頌嘉祥而莫罄。日爲紀而月爲量，懸象堪徵；升則允而恒則貞，觀文可證。天鷄旦喌，九霄之璧彩常圓；顧兔宵馳，一片之金波自瑩。

原夫日也者，騰輝上界，絢彩東隅。鬱華旁導，羲馭前驅。繼離占乎兩作，照物配乎三無。霞捲則夾無赤烏，雲開則翔有金烏。鳴岡之鳳初飛，五雲耀紫；銜燭之龍忽躍，百道流朱。

若夫月也者，七寶光濃，半規影屈。玉闕初浮，瓊樓乍拂。投藥杵兮丁冬，譜霓裳兮仿佛。展菱花而掩映，星斗斑斕；攀桂樹以扶疏，山河蟠鬱。纖纖下吐，驗生魄於初哉；皎皎方圓，共清光而豈不。其爲升也，振華暘谷，濯影咸池。黄人捧處，赤羽飛時，照三山而更麗，行二道以咸宜。寶炬齊然，耀九枝之若木；瓊柯乍轉，傾六影之丹葵。黄凝榜上之金，千門晝啓；赤走盤中之玉，一縷光移。其爲恒也，弓勢初張，鏡光如剖。纔過雕欄，旋穿疏牖。階蓂乍長之餘，海蛤方生之後。銜從山口，一彎之清影如眉；掬向波心，幾點之澄輝在手。計圓時之不遠，遥知益且無方。看缺處以誰彌，又似謙而能受。夫惟古昔盛時，道隆於世，象協於天。三霄氣灝，二曜輝聯。書太史之祥，中天朗朗；按織阿之晷，良夜娟娟。五色十光，甘雨和風之會；飛文吐景，星華雲爛之年。映雙闕以呈輝，羲娥競麗；耀兩儀而委照，宵旦無愆。所以小雅詩人，取天象之昭回，喻皇儀之赫奕。錫純嘏以綿延，迓祥符而駢積。仰晶芒之四照，錯采鏤金；瞻煜爚於重霄，聯珠合璧。德輝洋溢，周化界之三千；佳氣紛綸，叶昌期於五百。豈非驗陰陽之合德，運際貞元；參造化以甄禔，壽歸平格也哉？方今寶籙凝禧，璇圖受禄。懸玉鏡以昭融，絜珠囊而焜昱。就將時懋，萬年之道法爲章；休美畢臻，復旦之光華在目。佇見重輪抱珥，同賡糺縵之篇；豈徒錫嘏稱觴，共上岡陵之祝。

喜雨賦　以天地交泰百穀用成爲韵

夫何雲黮黮其欲下兮，風灑灑而來前。乍淅瀝以流響兮，終滂沛而開泉。何珠何玉，斯陌斯阡。謂是十日之期，無須破塊；恰慰三農之望，不礙彌天。時則杏影摇村，蒲香滿地。宿麥辭黄，良苗試翠。高粱與下稻争新，豆莢共瓜華競媚。前番霢霂，深滋脉起之膏；此後雲霓，尚卜大生之利。而乃隨風入夜，作點盈郊。叶雷水而作解，乃發揮乎六爻。正值梅子黄時，水田漠漠；更愛柳陰晴後，桑扈交交。

盍往觀乎，既優既渥；亦云覯止，方體方苞。喜乎哉，乾坤大矣，德施沛矣。滌埃壒矣，流畎澮矣。既檖檖矣，又旆旆矣。陰陽會矣，天下泰矣。是蓋皇上至誠有孚，博施無迹。惟德動天，故天降澤。既暄之而潤之，斯下尺而上尺。

勸爾麃兮綿綿，視其達兮驛驛。愛畇畇之多稼，歲且十千；念坎坎其伐檀，廛宜三百。於是百工作歌，群黎鼓腹。暢以仁風，介以景福。軒乎蠢乎，非絲非竹。一以爲倉箱我求，一以爲士女我穀。一以爲農用曰食，一以爲念用曰肅。喜矣乎，苟非大平之世，安得此一年之雨，果符三十六乎？

於是我皇顧之，慶與大共。雨者穀之原，食者民所重。有幹有年，是耕是種。厚爾民生，裕我國用。惟兹雨乎是賴，所以和天人之統。渥矣美矣，宜爾有嘉頌也。然而聖人者，與天地合其德，與日月合其明。行之以健，積之以誠。樂民之樂，東作西成；憂民之憂，課雨問晴。殆無時而或息，非萬衆之所營。入第見霖沛蒼生，報天顔之有喜；又烏知心通昊綍，寓大雨之時行也哉？

甄陶在和賦 以甄陶天下其猶和乎爲韵

聖天子含囊有截，坯冶無垠。齊璇璣於函夏，燮玉燭於熙春。千品萬類，六幕八寅。懷繩者遵其檢柙，就範者受其陶甄。忞忞焉，旼旼焉，若風之偃草，與泥之在鈞。溥休和於一世，化丕啚而俗丕新也。今夫治之善也，囿之以圓方，位之以卑高。矱之以仁義，溥之以恩膏。芸生之屬，愉愉陶陶。轍靡鮒涸，垣靡鴻嗷。沐甘澤如醇醴，飲醲化如醰醪。蓋將合天下以爲器，而皆竄悉泯；納群生於在冶，而董勸不勞。彼夫旊人所掌，陶正所傳。爲甗爲簋，曰埴曰埏。盆實鬴而庾實觳，器中膊而豆中縣。守鈲摫而不逾，揆尺寸以無愆。此甄陶者之所以鈞坏甈，協衡權。絶其疵戾，平其倚偏。參化工之調劑，而適全夫不模不範之天。彼小技其如此，雖曲藝且猶然。懿維聖皇，撫有天下。效崇法卑，超商卷夏。裁成乎萬彙，範圍乎九野。不因圓而破觚，不毀方而合瓦。以節序爲洪鈞，以垓埏爲廣厦。以天地爲重爐，以陰陽爲大冶。一六合之紛紜，齊衆形之多寡。其功則咨乎倕哉，其義則譬諸陶者。爾其建瓴敷化，端本植基。如銂受範，不激不隨。運甓證道，袪蔽決疑。如錐畫沙，不側不欹。橐籥任我，培覆因其。有如合土，亦埴青黎。鍛乃礪乃，淘之汰之。有如印泥，沓矩重規。別其稂莠，辨厥薰蕕，則又如巧拙之殊，致良窳之不侔也；　去其渣滓，飾以雕鏤，則又如髻墾之不入，瓦礫之不留也；順摭經等，少益多裒，則又如關石和鈞之詳且周也；　滋液滲漉，饜飫優柔，則又如飲鉶飯塯之逸而休也。不曲不撓，不競不絿。大道匪器，元氣爲舟。甄泰和與粲晏，黜近利而裕遠猶。於是熙皞之侶，吮兹含和。浥和光之陽煦，斟和氣之蕩摩。時以和而可紀，政以和而不苛。風以和而薰厨蓮，年以和而兆嘉禾。飲和者被其蒸濡，懷和者消其傾頗。莫不仰元功之陶鑄，滌瑕垢而浴天波。蓋撫埃之舞，擊壤之歌，曾未足以云多也。爰作頌曰：

我皇御宇，運以元模。其政悶悶，其民于于。化者不化，誰司其樞。爲者不爲，誰握其符。尚梓尚匠，實一名殊。陶堯甄舜，不其懿乎。

人情以爲田賦　以修禮以耕陳義以種爲韵

聖天子仁環六幕，福錫九疇。單心翼翼，敷政優優。庶績咸熙，知物情之偕暢；　群生在宥，務民莫之是求。惟克勤乃終有慶，若力穡乃亦有秋。引恬引養之宏謨，萬邦爲憲；　田功康功之惠政，六府孔修。爰稽大戴之編，載考曲臺之禮。民以君爲心，君以民爲體。十義必審其源流，七情務知其根柢。順四時以立政，夏爲假而秋爲揫；　稟二氣以成形，性如禾而善如米。夫以田事之至亟也，是蓘是穮，或耘或耔。茀厥豐草，勿使滋蔓之難圖；　命我農人，務期黍稷之茂止。

萬寶登而其崇如墉，千耦具而有略其耜。喜收穫之濟濟，載謀載惟；望原隰之畇畇，侯疆侯以。而在帝王之治民也，以利普天下而不言利，以情順萬物而無私情。其易俗移風也，如田之順時而覗土；其彰善癉惡也，如田之莠去而禾生。其明作有功也，如田之荷鋤而秉耒；其從欲以治也，如田之東作而西成。迺求厥寧，奚啻既堅既好；所其無逸，何止省斂省耕。惟時民望如草，我澤如春。人情莫不欲安，則扶危以濟困；人情莫不欲壽，則錫福以宜民。人情莫不欲生，則用之而恤其力；人情莫不欲富，則助之以振其貧。

譬百畝之方勤，既備乃事；幸三時之不害，我取其陳。由是培之以仁，播之以義。以禮樂爲樹藝之資，以賞罰爲耕耘之器。以化行俗美爲耨穫之功，以歲稔時和爲國家之瑞。則見令甲頻宣，由庚志美。予求予取，農夫之望歲皆然；己溺己飢，聖人之憂民如此。同民心而出治道，豈曰無鳩；綏萬邦而歌屢豐，庶幾有豸。觀勞來匡直之維殷，知地平天成之有以。我皇上沛渥澤以遐宣，廣德心以邁種。玉鏡呈光，金科息訟。一樹百穫，在於知人安民；千倉萬箱，由於厚生利用。民爲邦本，給求養欲之必周；政如農功，思始圖終之是重。一人有慶，瞻雲而賡八伯之歌；萬壽無疆，就日而獻九如之頌。

同律度量衡賦　以題爲韵

懿夫地平天成之世，禮修樂舉之功。既省方而問俗，遂一道而同風。瑶琴奏而五弦以咏，璇璣察而七政以崇。民化如流，曾尺寸毫厘之不爽；政平似水，亦錙銖圭撮之必公。統洪纖巨細以皆齊，莫之或僞；放南北東西而皆準，是謂大同。原夫樂生於心，音統於律。經黄帝之化裁，成伶倫之妙術。循環八位，必論乎上生下生；損益三分，爰詳夫倍實四實。闡乾坤之精蕴，觸於角而中於宫；探造化之機緘，盛於丁而奮於乙。同其長短而纖毫無敢參差，同其重輕而條理歸於畫一。蓋黄鐘之用宏，而萬事之宜出矣。既定五音，遂生五度。尺以肘知，寸由指布。始於一黍而九仞可推，積於十分而千尋可悟。引者信也，伸之則愈長；丈者張也，施之則無誤。

閉門造而出門合，百工泯作僞之思；方成矩而圓成規，四海矢共由之慕。土圭同測，遠近自莫不寅承；繩墨同陳，廣輪亦周以亥步。若夫推行盡利，稱之爲嘉；虚廓有容，名之曰量。參天两地，爰協撰於清寧；左陰右陽，更顯示以形狀。民之質矣，本日用飲食所常需；旁有庣焉，知消息盈虚之必當。上爲斛，下爲斗，小大同其規模；起於龠，登於升，多寡同其式樣。所以仲春布政，月令猶存斗甬之名；㮚氏奏功，周官尚記釜鍾之匠。至於如繩之直，如砥之平；如立竿以見影，如樹表以知程。協四時之成數，覘八節之運行。施權概以徵其虚實，懸土炭以驗其重輕。關石和鈞，永垂朝廷之法物；五雀六燕，寧容軒輊之私情。黍絫同而日中可市，杪忽同而天下莫争。是則定多少之經，必將明以斤而析以兩；考低昂之準，不待分言權而專言衡也。聖天子愷澤帡幪，深仁布濩。度以身彰，律緣聲具。月以爲量，睹懸象之著明；玉以爲衡，參渾儀而倚數。垂萬世之常經，定兆民之要務。握瑶琯以長調，鞏金甌而永固。是行是訓，九重宏敷錫之恩；同軌同文，六合遵蕩平之路。固已常存時夏，繼頌什以興歌；方將治邁有虞，瞻卿雲而奏賦。

守口如瓶賦　以富鄭公書座右銘爲韵

伊有宋之名臣，媲范歐而稱富。秉璣鏡而功調，燮金樞而業懋。既本道爲彌綸，復因言爲敷奏。銘盤示誡，早克踐夫德隅；孚缶立誠，豈徒誇夫辨囿。故挈瓶可喻，智或類於墟拘；而緘口有箴，言每防乎卮漏也。夫言者，萬化之樞，百爲之柄。居業在乎修辭，發號因之施令。以榮辱爲樞機，借得失爲考鏡。禮有失口之譏，書致起羞之儆。言之不朽，穆叔之所以譽臧；言之有文，國僑之所以强鄭。然而言之發也易肆，言之僞也易工。苟馳談而寡當，僅捷辯以稱雄。既昧乎宇壇之義，遂失乎衡鑒之公。飾以輪輳，將徒争夫炙輠；蔓無根柢，祇有類於飛蓬。縱滿室滿堂，豈盡由衷之論；况非區非蓋，已多尚口之窮。是以意藏於密，詞戒其虚。惟操存之有要，斯虞詐之皆除。譬以甌臾，知流言之所止；歌以洞酌，取矢口之能如。防之又防，志更嚴於韋佩；謹之益謹，訓宜凛於紳書。蓋瓶之取象也，流而不盈，止而不過。其品近於瓿甂，其器儕於釜錐。而鄭公念切執冲，情殷警惰。恐圭玷之貽譏，鑒瓶羸而默課。守不假器，爰占无咎於括囊；言可爲坊，何事高談之驚座。勿騁詞鋒，勿矜談藪。但存知白之心，不尚雌黄之口。濯罍濯溉，銘諸几席之間；書杅書槃，置之圖史之右。此亦如撲滿有戒，并筮吉於謙亨；欹器堪規，同儆懷於虚受也。方今瑞敷軒瓮，慶洽堯蓂。綏豐則兆乎盈尺，孚化則捷於建瓴。然猶克艱迪訓，無逸書屏。丹幄研經，時勤乙夜；紫綸宣詔，彌切丁寧。是以絳史呈祥，握珠囊而衍算；璇圖錫贊，繹金人而置銘也哉。

飛將軍射虎賦 以題爲韵

北平秋老，塞外草腓。稜稜霜氣，獵獵風威。野莽罠兮蒙密，石岩崿兮崔巍。有漢李廣，奔騰絶迹，躍馬如飛。明月移帳，驚沙濺衣。豹韜自熟，猿臂偏長。鷹瞵鶚視，虎奮龍驤。畫地爲戲，挽弓用强。摧枯拉朽，衄鋭挫鋩。幕府省文書之役，營圍罷刁斗之防。雖潰師於馬邑，終憺威乎龍荒。歷七郡而稱最，誓十萬其可將。白檀駐節，戍野連雲。寥天一色，雪羽交紛。木葉凄其始脱，灌莽宿以無垠。於是傾藪澤，掩塵氛，仆狐兔，蹶麇麇。拉捭熊羆之室，剽掠麅鼬之群。

試儲與乎千里，將聊浪兮三軍。伏石崚嶒，崩榛叢積。謖謖長林，茫茫荒磧。不聞叱咤之聲，莫辨蹲盤之迹。白的横馳，黄肩俯射。矢下星飛，弓迴電迫。咆烋風生，驤駍霆砉。霧卷霜空，天旋地坼。似懸溜之激穿，似奔湍之漰湱。皋澤爲之泥青，原野爲之壤赤。機不虚掎，中必飲羽。鏃飛楚水之蛟，箭殪吴亭之虎。穿楊則基謝其精，植戟則布遜其武。陋誇异於龍門，等校稱於矍圃。羌擬妙於熊渠，嗟難得而覼縷。夫其壯志請行，雄威遠布。相不侯封，虜幾生捕。本郎騎而獲從，矧將軍之已故。猶復佩韃星趨，要鞭夜赴。肉飛骨騰，狂趭虓怒。審寬緩之异宜，知闊狹之有度。國家倚爲爪牙，士卒樂於豫附。昔日射雕飛騎，猶讋聲威；千秋匹馬短衣，無傷遲暮。

卷三　詩稿

舒文廣國華

廣矣才華擅，摛春麗藻宣。舒文推駿業，報國溯鴻篇。
煥爛心葩吐，紛披意蕊圓。湛時涵水木，著處染雲烟。
思向花前發，名從月下傳。槐廳新雨露，桂海古山川。
腹已包三五，胸原括萬千。希聲猶蓄寶，彩筆繼延年。

荷鍤成雲

藹藹起塵氛，晴天漾碧氛。東灾齊荷鍤，南畝已成雲。
透齒痕難辨，摩肩望不分。犂聲喧積雨，簑影載濃曛。
鬱葎人烟錯，喧闐日氣熏。揮鋤逢甲坼，壓擔話辛勤。
潑墨烘鴉陣，拖藍接雁群。慶霄瞻糾縵，農務樂耕耘。

信及翔泳

翔泳徵咸若，從知聖德宣。理原該動静，信乃達中邊。
鵠亦游仁宇，魚因契性天。秋風吹解網，夜月照忘筌。
流屋思周日，披圖憶舜年。鳳梧歌翽翽，鳧藻樂潺潺。
靈應通鶼鰈，祥符感雀鱣。采詩昭泂酌，聯咏繼前賢。

寰海鏡清

渟滀静寰瀛，澄空玉燭明。衆流咸仰鏡，四海盡消兵。
瓜蔓千條駛，菱花一帶縈。波恬妖霧净，瘴廓颸風清。
瀲灩江心鑄，沖瀜澤腹瑩。樓臺空結蜃，島嶼不横鯨。
盂覆瀾初奠，槃圓浪不生。淵靈皆效順，鞏固有金城。

修竹引薰風二首

引到清飈起，飄然度遠空。所居惟種竹，此地最臨風。

銷夏人初健，延薰曲未終。層嵐輸眼底，千畝入胸中。
靄靄叢筠合，泠泠爽籟通。影摇金瑣碎，響答玉玲瓏。
槐蔭分青幄，荷香送碧筒。秩訛均聖化，解阜契宸衷。

暑氣今宵退，輕颸漾緑叢。衹憑千個竹，引起一庭風。
曲檻荷香外，雕梁燕語中。濃陰分左右，清韵戛玲瓏。
留客三竿翠，催花滿徑紅。籜龍迎癸佩，檐馬自丁東。
炎日餘殘照，晴雲度碧空。薰琴調舜德，時若仰宸衷。

萬木無聲待雨來

萬木蒼茫裏，層陰撥未開。知無風力撼，衹有雨聲來。
翠葉環如幄，青蘋静不埃。漸同濃霧合，伫見片雲催。
靄靄停繁響，森森息怒飈。似將霏霢霂，恰已近恢台。
籟想銅烏定，飛看石燕纔。依旬符睿念，甘澤洽埏垓。

禮義爲器

經曲傳千古，洪纖貫百爲。禮緣天所叙，義本事之宜。
出入門先得，居由路不歧。人官呈法度，物利妙敷施。
舜簋曾無範，湯盤自得師。理由儀則著，心以化裁奇。
方智真成矩，圓神亦中規。執中皇極建，精一本無私。

竹外一枝斜更好

見説檀欒好，濃陰曲徑遮。却看叢竹茂，更有一枝斜。
冷艷霜前別，浮香夢裏賒。緑摇千萬個，紅放兩三花。
瀟灑淇園外，清寒楚水涯。相依風料峭，爲共影交加。
暖日啼鶯處，孤村放鶴家。來朝逢驛使，鄉信報春華。

詢于芻蕘

莫以芻蕘賤，而忘在野詢。求聲通伐木，賡韵憶翹薪。

荷擔空山路，行歌曲水濱。笠蓑尋舊侶，風月話天真。
漸覺蓬心啓，無嫌絮語頻。鹿苹應示我，駒藿又懷人。
納麓賓門世，耕田擊壤民。皇華膺帝簡，蘭采慎披榛。

太史河如鏡

疊報安瀾慶，滎河一鏡呈。詞人頻作頌，太史舊稱名。
馬頰同流匯，龍門故道更。星槎探萬里，璧府接三清。
湛若源頭活，昭然澤腹瑩。風淪開島嶼，津逮溯蓬瀛。
但有菱花影，全無竹箭聲。祥開仁壽殿，玉燭焕陽明。

蓬萊文章建安骨

臺閣文章手，由來骨采豐。圖書蓬海秘，詞賦建安工。
興結三霄迴，肩隨七子同。環瀛供藻績，横槊屬英雄。
侍從疑天上，蜚騰入鄴中。烟霞仙島氣，胎息漢京風。
本是清華選，能教綺麗空。後來懷小謝，佳句付詩筒。

蜻蜓立釣絲

有客方垂釣，蜻蜓點水時。斜衝千叠浪，穩立幾鈎絲。
聊向竿頭憩，偏隨綫脚攲。綸緡情共繫，烟雨夢何遲。
款款來三月，亭亭上一枝。鴨緣尋睡去，鳥亦倦飛知。
豈借蜂房住，非同燕壘移。天機真浩蕩，鴻漸協昌期。

吹萬群方悦

元化敷群動，吹嘘遍萬方。物生皆有養，民悦更無疆。
煦煦仁非隘，熙熙道益光。函三憑鼓橐，抱一藉含囊。
雨若流膏渥，風乎布澤洋。如春涵兑澤，有夏仰乾綱。
愛矣郇留黍，欣然召咏棠。何須歌勸九，天子正當陽。

崇文德化洽

郅化光昭日，車書世大同。文偕星日焕，德并地天崇。

洋溢聲名播，涵濡氣質融。有如滋以雨，遂爾偃從風。
鳳島麟洲外，堯旌舜羽中。况當純嘏錫，更仰作人隆。
華國三升重，賓門四海通。昌辰親第頌，寰宇聽呼嵩。

染人甚於丹青

不獨絲能染，由來學貴勤。彰施堪作繪，經緯漸成文。
質以薰陶善，功緣砥礪殷。摛辭工點綴，鋪藻散繽紛。
朱赤原相近，青藍自此分。七襄心是錦，三入色爲纁。
滙涣攄新采，詩書挹古芬。敷言皇極建，黼黻贊堯勛。

得薪保耀

有耀期能保，傳薪語摘康。虚明真性府，光焰大文章。
智矩層層朗，心燈續續長。一時頻改燧，萬丈定生芒。
野燒原難盡，庭輝更未央。焚來堪繼晷，照去异燃糠。
但使翹材廣，方知爝火藏。作人歌棫樸，離炳正當陽。

念勤簡能

考績嚴三載，量材重九能。精勤陶甓運，簡擢御屏登。
僕值賢勞著，當官幹濟稱。寸陰常凛凛，分職益兢兢。
鞅掌晨趨漏，盟心夕飲冰。從容歌素緎，亮直比朱繩。
駑鈍期無曠，鵜濡愧弗勝。疇咨廑睿念，吏治日蒸蒸。

日長如小年

祇道羲年永，誰知化日長。從容當健夏，荏苒愛流光。
蓂砌延朝晷，槐階淡夕陽。六時銀箭度，一綫土圭量。
迤邐經寒暑，更番較雨暘。但疑駒隙緩，那見蟻旋忙。
繫景壺中駐，停陰殿角凉。如升方獻頌，離照炳珠囊。

繁雲先合寸

未沛崇朝雨，先瞻積寸雲。族繁看杳靄，膚合遍氤氳。

螺髻層層黛，魚鱗簇簇紋。迴旋纔一片，醞釀已三分。
似絮披青嶂，如繪漾碧氛。烟嵐霏頃刻，霧縷結繽紛。
佇望旬膏灑，還期尺澤殷。祈霖關睿念，霄旰聖人勤。

水光兼竹净

近水多修竹，高低一色兼。光摇千頃活，緑净幾分添。
瀲灔雲開畝，參差月到檐。牽風吹渺渺，帶雨濯纖纖。
對影清如許，論交澹不嫌。漲痕青寫鏡，籜粉翠侵簾。
拂石塵都掃，臨流意自恬。御園饒勝景，膏澍喜同沾。

大法小廉

守法官常肅，旌廉吏治淳。猷爲期共濟，小大盡咸遵。
素食從容退，清操砥礪頻。三章書令甲，百志凛惟寅。
玉尺衡裁久，冰銜次第新。有條原井井，如石總磷磷。
矩矱先端範，圭璋早束身。箴言頒睿製，六計誡群臣。

風俗盡還淳

郅世先端本，熙熙感聖仁。移風仍易俗，激薄在還淳。
鄒魯人情樸，羲農治化臻。所期敦古處，相與樂天真。
讓水廉泉地，歌衢擊壤民。深宫崇布帛，薄海却瑶珍。
采句兼吟杜，陳圖更頌豳。彤廷頒訓誡，率土盡遵循。

辟雍海流

詞海集鴻儒，三雍德化敷。環流應似璧，圓折不因珠。
湛處同懸鏡，安時驗覆盂。半規隨屈曲，一帶正縈紆。
綆汲深文府，瀾翻闢説郛。野苹曾食鹿，泮藻詎驚鳧。
同術勤灾畝，分源判芋區。朝宗歸北極，獻賦擬東都。

楊園流好音

麥隴清如許，楊園緑不删。流音聞觳觳，刷羽認斑斑。

細雨鳴花港，轻雲渡柳灣。歌喉隨斷續，樹腹任彎環。
濯濯三春外，盈盈一水間。鋪來平石齒，拂處隔烟鬟。
吟草曾推謝，栖條更溯顔。泮林賡盛世，振翼藉枝攀。

虞風載帝狩

自有瑶車載，因知玉輅巡。於書先二月，乃日徧群神。
不改堯封舊，還看禹迹新。陽侯皆按部，風伯又清塵。
計里難追亥，因時貴撫辰。衢歌三萬歲，人祝八千春。
桃李争迎輦，山川盡拱輪。黄圖歸版宇，白叟頌皇仁。

洗心藏密

抱一堪爲式，兼三利有常。此心當水鑒，于密儼城防。
積慮從兹洗，虚衷驗所藏。空潭澄萬象，太璞藴微芒。
沐也猶懸鏡，懷之類括囊。含清非漱石，守默擬循墻。
始信居無曠，從知道益光。銘盤覘聖德，作所仰維皇。

王師如時雨

六師初整旅，一怒已安民。王曰惟寧爾，時哉遍雨人。
洗兵臨海島，刷馬到江濱。倏覺烟雲掃，俄看草木新。
風聲宣四訖，露布紀三旬。克敵知無敵，爲仁伐不仁。
衆情猶望歲，帝澤即如春。率土沾醲化，涵濡黍頌郇。

膏澤多豐年

豐年占大有，樂歲計重逢。澤沛耕泥滑，膏流土脉鬆。
其耘分上下，厥畝辨横縱。數雨經三日，量田受一鍾。
野添晨露潤，溪聽午風春。社戊春秋約，畦丁主伯從。
兆魚尋舊夢，迎虎記先農。比户盈寧慶，咸沾湛化醲。

風雨玉燭

玉燭調元化，祥風澍雨過。薰兮欣長養，時若驗滂沱。

德本無私照，瑨原貴不多。璇衡皆在握，心鏡未須磨。
鳳吐騰虹氣，龍銜耀日波。群生含潤澤，四氣總包羅。
天意如人意，時和即政和。重離欽聖治，耕鑿聽衢歌。

蟋蟀居壁

蠕動能知候，重稽戴記書。時方聞蟋蟀，月已隱蟾蜍。
蟲語三更後，秋聲四壁初。黄昏吟不了，碧草夢何如。
似蟻能封户，疑蝸善結廬。此中聊小住，惟爾得安居。
昔記名金帶，今看入玉除。不嫌終夜寂，螢火伴空疏。

九河既道

太史河如鏡，功成告禹疏。萬流咸順軌，九派盡歸墟。
馬頰先經始，龍門必導初。同源循脉絡，分播析支餘。
自昔疇咨切，於今聖慮攄。由中通兖豫，就下達青徐。
竹箭安瀾泛，桃花净漲淤。衡工方奏績，寰海樂于胥。

夏扈趣耘

播厥會咨畯，犁雲積翠重。其耘乘九夏，有鳸趣三農。
喈喈呼頻起，交交唤莫慵。聲喧田上下，飛逐畝横縱。
鼠壤迎風坼，鴉鋤帶雨舂。脂痕猶漬潤，土脉尚抽茸。
穫穀徵名雅，催耕按候逢。率時覘鳳紀，四野被恩醲。

如衡如石

稱物知輕重，名言座右書。權衡參杪忽，鈞石審絲徐。
静驗調鐘後，平看累黍初。執離窺上下，乘坎課盈虚。
懸炭三時合，張弓二氣舒。周規差可擬，平準適相如。
制自冬官掌，頒從夏府儲。無私欽睿哲，齊政仰宸居。

數點梅花天地心

天地鴻鈞轉，梅花照一林。衝寒纔數點，大造起無心。

風瓣頻開闔，春光到淺深。數來剛五六，逢處半晴陰。
滿院方圓小，疏英上下尋。根源隨暖律，消息報霜禽。
奇耦圖成看，横斜月待臨。幾番飛臘雪，相對共蕭森。

先河後海

秩祀分先後，由庚萬物諧。河清三壤則，海匯百川皆。
刻玉遵堯典，披圭愜舜懷。北條浮濟漯，東會溯沂淮。
一帶榮光發，千層錦浪排。源頭來浩浩，閭尾認湝湝。
底定維坤軸，攸同頌泰階。波臣知效順，聖澤被無涯。

律中仲吕

仲吕陽方盛，筠筩候已諳。測圭占日北，中律報風南。
扣徵中聲協，旋宫大化涵。短長原各具，損益妙相參。
數本從頭接，時緣布指探。裁來依寸六，積處驗分三。
截竹仍鳴鳳，稊桑正飼蠶。調元欽聖撰，計日雨敷甘。

楊柳樓臺二首

廿四標詩品，摛華麗藻新。讀書深柳暗，聽雨小樓春。
秀色烘全活，濃陰畫不真。橫橋霏舞絮，近水滌芳塵。
繞樹鳴禽早，飛簾語燕頻。陌頭争旖旎，屋角聳嶙峋。
入硯飄紅杏，凭欄賦白蘋。薇垣方給札，染翰答楓宸。

詩思飄然起，層陰入望收。青原歸細柳，春欲傍高樓。
飛絮遥空裏，橫霄最上頭。晴光來遠陌，倒影瀉洪流。
淡淡風初定，溶溶月暗浮。暖簫三月暮，長笛一聲秋。
薄靄前村合，斜陽半壁留。良材掄百尺，珥筆賦瀛洲。

重簾不捲留香久

坐久頻移晷，氤氳氣漸醲。篆香浮靄靄，簾影隔重重。
未許雙鈎捲，徐留萬斛濃。蝦鬚防漏泄，犀角鎮惺忪。

欲倩絲囊貯，還疑綉幕封。延緣遲暝色，消息逗芳踪。
晝永猶温鴨，花深尚住蜂。最宜携滿袖，珥筆頌時雍。

得魚忘筌

筌本因魚設，蒙莊語可稽。烝然初布網，得也忽忘蹄。
鳴鼓聲方寂，投竿意轉迷。罾懸蘆岸北，蓑擲柳橋西。
只欲侔神遇，何曾藉手携。澹時超色象，豁處悟天倪。
梭去從龍化，羅空任鳥啼。飛鴻勞目送，佳什合推嵇。

蒼苔依砌上

繞砌尋春草，蒼苔匝四圍。幾層思更上，一色互相依。
池北連錢綴，波南積雨肥。痕添簾影濕，踏去屐聲稀。
渲染青成幄，延緑緑滿扉。參差縈石髮，左右護垣衣。
有迹桃烘岸，無邊柳映磯。芸窗懷茂叔，槐省咏元暉。

山桃發紅蕚

春色燦芳郊，春山舊結茅。絮風初破蕚，桃雨尚流膠。
翠冷枝仍亞，紅翻浪乍抛。新叢依露井，濃影壓雲坳。
積水深千尺，横崖透一梢。緑筠頻解籜，紫蕨正緘苞。
欲向蹊前認，偏宜竹外交。謝家賡雅韵，洗硯對晨抄。

山不讓塵

莫謂山難至，功勤覆簣先。峰原看朗朗，塵豈讓涓涓。
本以多爲貴，從知細不捐。霏珠迷遠障，插玉積層烟。
峻已凌千仞，高庸謝一拳。漫云犀可辟，衹訝蟻能穿。
有力矜鰲戴，無心效鵲填。宏施歸翕受，函夏仰乘乾。

鮮侔晨葩

菽水承歡日，晨興咏白華。競鮮初破蕚，凌秀尚含葩。

絳萼凝朝露，青柎逗曙霞。愛蓮曾比潔，種樹即稱嘉。
池草新摇緑，陔蘭漸茁芽。此心原不滓，至德本無加。
馨處仍留桂，扶時豈借麻。植根依閬苑，葵藿報天家。

雲逐度溪風

鬱嵂盤空起，迴飈競度溪。雲含輕重色，風送短長堤。
逐共桃花落，翻因柳絮低。草香仍靄靄，樹小正萋萋。
春谷飄猶遠，晴天望轉迷。暗隨流水漲，攙入曉烟齊。
浦口來花鴨，磯頭唤竹鷄。秦州佳咏在，結伴羨登梯。

方金擬璧

至寶賢爲貴，如珍德可欽。一枝人擬玉，三品貢推金。
大冶陶鎔久，名山藴蓄深。紅爐經百煉，瑶海測千尋。
滓彼干霄氣，完兹抱璞忱。成材資礪鍛，論價比球琳。
梅鼎調元化，冰壺印此心。彤廷今却獻，遴選重儒林。

仁義爲巢

錫福覘皇極，兼容大德包。居仁因擇里，處義得安巢。屋漏神明質，堂廉上下交。豈惟鄰是卜，直以物同胞。所憩成棠蔭，攸居咏竹苞。爾田皆爾宅，于野更于郊。周室方敦葦，堯階不剪茅。庇人知厦廣，釀化仰螭坳。

草樹沾和

帝德通荃宰，嘉和庶物沾。樹間含藹藹，草際茁纖纖。桑雨青盈幄，芝雲緑到簾。桐生依樾蔭，葵向遍茅檐。大化涵濡久，醲膏醞釀添。吉祥千福備，仁壽一人兼。子惠皆天澤，寅衷凛日嚴。昇平休氣洽，茂育暨飛潛。

孔德之容

大矣心能泰，恢乎德有容。群言歸斧藻，萬化總陶鎔。

廓以冲虛量，充兹磊落胸。意珠昭朗朗，佩玉想雍雍。
自是町畦泯，曾無芥蒂封。履旋君子吉，謙受聖人恭。
似水涵千頃，如山萃衆峰。高深天地合，福嘏仰春濃。

煮葵燒笋餉春耕

記飽田家味，相看陌上耕。登盤葵并薦，應候笋初萌。
荷鍤畦丁聚，提壺稚子迎。鹿頭連霧劚，鴨脚到春生。
熟共黄粱飯，香疑碧澗羹。園中排一一，花外踏行行。
努力加餐意，殷勤布穀聲。康衢歌帝德，鼓腹頌昇平。

耕田欲雨刈欲晴

恰是清和節，陰晴序不愆。耕當梅雨候，刈趁麥秋天。
澤潤千畦闊，雲鋪萬頃連。鳩呼聞拍拍，雉雊認翩翩。
荷鍤纔分隴，腰鐮又課田。犁聲春樹外，簑影夕陽邊。
農諺群情洽，疇徵聖德宣。時雩廑睿念，熟酉正書年。

善政致祥

緬憶思貞治，循聲遍岱青。雙歧登政牘，四熟紀祥經。
朔北懷膏雨，沂東頌福星。由來和可飲，端賴德之馨。
報最稱唐室，書名列御屏。琛符誇蜀繭，瑞牒應堯蓂。
吉亥占調燭，居辰仰建瓴。瓊霙敷闓澤，嘉氣藹彤廷。

稼穡維寶

稼穡關宵旰，常雩已告虔。農惟天下寶，氓受聖人廛。
炊黍蒸藜後，瞻蒲望杏前。只疑金是粟，翻訝玉爲田。
計畝量千斛，盈倉抵萬錢。上辛方介穀，熟酉又書年。
薄賦民情樂，寬租帝德宣。祈霖廑睿念，惠澤普垓埏。

江漢朝宗于海

緬彼朝宗義，歸墟識漢江。濫觴同浩浩，向海共淙淙。

咸則疏堯壤，漸于匯禹邦。岷山分派九，漾水導源雙。
勢本環星拱，聲疑佩玉瑽。濟淮趨四瀆，秷秸納千艭。
溟渤停奔溜，蓬瀛息怒瀧。安瀾今奏效，恩澤自鴻厖。

腹稿

稿自胸中起，花爭筆下飛。愜心原貴當，信手不停揮。
腹訝精神滿，腸疑錦綉圍。有懷誠默默，著想入非非。
欲叩先觀笥，將捫待解衣。指彈皆仿佛，耳食總依稀。
文擬金聲擲，言如玉屑霏。木天慚視草，染翰對朝暉。

復以自知

來復參羲畫，盈虛每自知。元從貞下起，理向静中推。
道既三才貫，功惟七日期。乾亨天以健，蒙養聖之基。
朕兆萌芽始，生機活潑時。萬方皆在宥，一室本無欺。
抱薏心同藴，含禾性未漓。執中皇極建，久照仰重離。

天公玉戲

幻出千層雪，從知戲亦工。含花徵地媪，舞絮費天公。
鬧處皆生意，飛時即化功。銀虬排碧落，玉馬攬長空。
陣演黄昏候，烟騰白戰中。逢場資點綴，行氣走洪濛。
潤骨何須换，揮拳訝許同。調元覘聖化，六出兆年豐。

龍見而雩

巳月覘龍見，升香正祀雩。昏中同出震，雲上合占需。
未雨因祈穀，從星偶指榆。青壇先辨位，蒼宿儼分區。
鳴鼓隨時驗，觀旗應候殊。物緣欣甲坼，人已息庚呼。
帥舞周官掌，迎郊魯史符。維魚歌大有，聖澤慶覃敷。

分秧及初夏

穀雨知春及，秧田趁夏初。抽針含細細，分縷認徐徐。

蒔處青翻隴，擎時綠滿渠。低徊迎水颭，穲稏任風梳。
俶畝人烟錯，晴臯土脉疏。曬當經十日，耕每念三餘。
甲帖肩相擊，丁畦手自鋤。民依厪睿念，大有紀農書。

政成在民和

有夏修和久，如春被澤寬。宜民維極建，敷政厥心單。
令甲三時布，由庚萬國歡。臣方稱乃乂，帝尚念其難。
養德深於海，寧人固以磐。不須揮舜箑，何事鑒湯盤。
玉燭徵調燮，金城想阜安。熙朝凝庶績，花縣試吟潘。

萬流仰鏡

觀海難爲水，橋門聖化宣。萬流歸巨壑，一鏡燭通川。
湛處金波潤，涵時璧沼圓。靈源隨吐納，智府澈中邊。
桂影千潭印，菱輝四照懸。盟心同皎皎，浴德想淵淵。
空洞曾何蓄，清虛自不偏。三雍欣釋菜，簪筆效延年。

公生明

妙論推荀子，澄明在至公。要惟生是獨，乃與物爲同。
大矣心能泰，昭然蔀不豐。寸衷消芥蔕，萬象入帡幪。
室以虚徵白，爐緣點盡紅。奉三操厥本，作兩用其中。
詎有微塵翳，從知朗鑒空。闢門釐聖念，納牖達堯聰。

賞以春夏

掌賞曾迎日，敷辰貴法天。熙春符出震，函夏仰乘乾。
澍雨流膏後，薰風解愠先。農分滄海粟，官給水衡錢。
淑氣三陽泰，醲恩九德傳。涵仁資井養，孚惠逮蒙泉。
寅畏皇衷惕，丁寧聖化宣。匪頒徵式用，執極建無偏。

櫻笋厨

應候添櫻笋，長安景物殊。傳來天子膳，頒自大官厨。

擎訝珠英綴，參宜玉版符。園丁隨露摘，菜甲繼春蘇。
肆禮兼嘗黍，賡詩并及蒲。花香饒綺席，紗影護瓊鋪。
裹帕黄柑嫩，分盤紫蕨腴。昇平傳蓮脯，惠澤萬方濡。

函夏無塵

有夏修和久，涵濡感至仁。萬流皆仰鏡，六合已清塵。
治被風行草，恩沾雨洗輪。式圍天子聖，遵路泰平人。
共仰熙熙日，同爲皞皞民。歌衢來壤叟，恬海息波臣。
孚化通鶼鰈，呈祥集鳳麟。陽春方布令，鸞輅正時巡。

六事廉爲本

六事先端本，彤廷訓誡嚴。知人符帝哲，考績重臣廉。
每憶臨淵什，常懷介石占。善惟天子舉，能以大夫兼。
槐署恒思敬，瓜田早辨嫌。正原歸矩矱，法乃勵箴砭。
砥節風千古，盟心月一奩。冰銜叨睿鑒，甄叙聖恩沾。

四月熟黄梅

郊麥迎秋後，園梅藻夏時。黄猶懸顆顆，熟已燦離離。
玉實仍含液，金丸尚綴枝。軟風經緑折，肥雨帶紅滋。
好樹雲山外，繁英洛水涯。濃依槐蔭合，香送楝花吹。
計斛量應早，傾筐摘未遲。朱櫻同拜賜，懷核紀新詩。

麥隴風來餅餌香

麥氣迎芳隴，吹來餅餌香。乍添晨露潤，徐送午風凉。
浪叠千畦碧，棻鋪萬頃黄。吹烟霏玉屑，犁雨茁金芒。
飯擬連雲熟，匙宜帶雪嘗。幾層翻穲稏，何處飽餦餭。
剪韭來春約，蒸藜此日忙。雙歧逢聖世，穎粟正登場。

賣劍買牛

吏治先敦本，還稽渤海龔。爾牛堪服軛，彼劍已銷鋒。

紫氣重霄徹，黄雲萬頃封。烟溪翻穲稏，秋水隱芙蓉。
但使青苹斂，行宜黛耜從。佩鈎傳舊俗，扣角繼前踪。
此日聞驅犢，當年憶化龍。桃林覘聖德，貔虎盡歸農。

月從星

按度占星月，居然以類從。畢箕原异好，風雨儼追踪。
離宿東西辨，旋杓左右逢。簸來沙漠漠，罩處水溶溶。
静驗竿烏轉，徐覘户蟻封。榆分光萬點，桂護影千重。
波涉看烝蹢，飈騰宛奉龍。休徵符聖世，時若被恩濃。

聽德惟聰

天聽由民聽，虚懷擴大公。宣三資主德，達四本宸聰。
地有高卑限，情惟遠近通。堯旌懸孑孑，舜鼓奏逄逄。
但使臚言采，寧教褎耳充。門庭開萬象，軺鐸啓群蒙。
乙夜披章早，辰猶入告同。研經頒御論，翕受仰皇衷。

敦俗勸農桑

敷政歌維勸，勤民俗是敦。農田梅雨潤，桑墅絮風暄。
穀我灾畬遍，絲人衣被温。耕惟先一墢，繅亦藉三盆。
秧趁清溪滿，稊看緑蔭繁。丁寧咨穡事，子惠紀綸言。
佩犢環千畝，祈蠶卜幾村。豳風陳黼座，樂利溯根原。

麥隴朝雊

雊雉乘朝日，歧分望麥畦。來隨青隴畔，飛逐緑疇西。
淡抹和光藹，輕看秀色齊。梢頭迎露濕，扇尾趁雲低。
彩漾風千頃，聲喧雨一犁。桑間頻趣鳸，花外尚浮鷖。
翼翼初翻陌，翩翩競渡溪。命官兼五正，睿藻焕新題。

紅藥當階翻

簇簇緑階上，濃陰藥映軒。當風迴碧亞，浥露藉紅翻。

葉密仍圍砌，花香直到門。入簾延草色，倚幕引苔痕。
雨綻緗苞坼，霞烘絳蕊繁。中鐘傳杏苑，子夜值薇垣。
棼尾留春住，鰲頭趁日暄。味餘賡謝句，拈韵紀深恩。

燕雀平衡

輕重衡端集，均平妙用彰。燕飛隨下上，雀躍任低昂。
本以從繩直，如憑累黍量。來時咸賀厦，聚處儼同堂。
顧影懸多寡，分形互頡頏。蚊頭參杪忽，馬尾辨毫茫。
消息通三極，精能證九章。乘離符聖化，鴻鵠慕高翔。

銜華佩實

華實期相副，名儒勵典墳。韵銜賡雅調，德佩挹清芬。
讀共寒梅嚼，書看帶草紛。摛原誇藻振，紉亦藉蘭薰。
學殖防將落，詞條蔚有蕡。生花饒舊夢，説果憶前聞。
艷擬心苗吐，材資藝圃勤。鸞坡慚珥筆，校理溯鴻文。

妍思焕爛芙蓉披

文境疑初日，芙蓉漾碧漣。紛披翻意蕊，焕爛瀉言泉。
出水迎風綻，臨池浥露鮮。垂條欣冉冉，倚蓋咏田田。
夢繞生花候，聲殘食葉先。英華同振藻，左右各抽妍。
春草饒新意，秋蘭契夙緣。香山佳句在，逸韵繼青蓮。

允猶翕河

聖主辰猶遠，披圖既道河。翕如歸吐納，允矣盡包羅。
帶束千條直，銅開萬里磨。洑流仍辨馬，夾岸不蟠鼉。
已浄桃花泛，旋經竹箭過。尋源分積石，匯水聚盤渦。
地本由中出，情原就下多。榮光同獻瑞，寰海被天波。

慎乃儉德

澆浴從今滌，淳風與古偕。儉惟昭盛德，慎乃愜宸懷。

貢却瑶琛獻，衣崇布帛佳。渾淪循土簋，樸素想茅階。
謹用持官府，寬徭曁海涯。綏豐中外共，知節士夫皆。
翼翼皇衷惕，蒸蒸吏治諧。寅恭釐睿念，薰殿展雩齋。

時雨若

肅若釐宵旰，時哉叶雨徵。爲霖符十日，其穀卜三登。
有象豐年慰，無言兑澤增。郊原涵露潤，柱礎帶雲蒸。
麥熟人千耦，秧分水一塍。普天同布濩，惟帝克欽承。
子惠民生泰，寅恭聖德升。勤箴頒御製，睿念倍兢兢。

芙蓉始發池

忽見芙蓉發，沿池不斷青。尋香來別渚，選勝泛孤舲。
小葉浮層碧，新錢散一汀。涉江歌采采，出水想亭亭。
貼處珠光漾，圓時蓋影停。祇疑風乍送，恰是雨初經。
夾岸頻飛絮，縈塘尚疊萍。御園晴眺日，繞砌植堯蓂。

九重春色醉仙桃

閬苑韶暉滿，叢開萬朵桃。蹊成三月早，雲護九重高。醉欲傾天液，酣疑瀉露膏。緑烟縈樹色，紅雨釀春醪。柳外穠盈幄，花邊艷逗袍。紛披霏劍佩，爛漫擁旌旄。仙醖誰家熟，恩光此日叨。上闌先拜賜，賡韵集群曹。

太平鼓

雅管風琴外，繁音畫鼓宣。衢賡天子聖，人樂太平年。坎坎連村擊，鼕鼕隔巷傳。兒童齊舞蹈，里社亦喧闐。小隊爭鳴掌，行歌又拍肩。蜡豳迎臘後，燈月買春前。白打催花羯，紅酣喚酒錢。和聲鳴盛世，德化播堯弦。

刺綉五紋添弱綫

緹室飛灰動，深閨課綉嚴。長繩誰共繫，弱綫此頻添。

玉律驚初換，金針妙許拈。白駒催日箭，采鳳綴霜縑。
花樣絲千縷，春暉影一奩。關心看乙乙，繰手試纖纖。
子細裁風剪，丁冬較漏籤。冰蠶今獻繭，海外樂熙恬。

政化平若水

坦蕩遵皇極，由庚萬化成。政惟操厥柄，水以視其平。
惠下占蒙養，虛中協坎盈。細流原不擇，上善本無争。
舟楫資臣力，盤盂驗物情。玉衡天下正，藻鑒聖人精。
道既從繩直，河仍順軌行。民依關睿念，恩澤洽寰瀛。

葫蘆中漢書

曾記葫蘆裏，班書序傳標。流傳藏史牘，珍重出僧寮。
紙墨光千古，文章紀一朝。祇從方外得，合藉杖頭挑。
貝葉香仍襲，蘭臺字不銷。嚼花誰共讀，依樣最難描。
真本猶存漢，遺編合付蕭。生涯憐我慣，惟伴舊詩瓢。

乘雲共至玉皇家

直欲乘虚去，層雲竟不遮。昔年曾侍案，今夜又看花。
玉樹群霏雪，瑶城半染霞。月中争旖旎，天上任紛拏。
蓋影分紅朵，爐烟護翠華。神仙真有府，霄漢此爲家。
事憶霓裳咏，香應練帨加。何須蓬島種，縹緲附飈車。

青山久與船低昂

船外送青山，山光繞翠鬟。每緣帆下上，蕩出碧孱顔。
往復低昂勢，悠揚向背間。半篙秋水軟，一路斷雲閑。
鏡漾千層岫，屏移九折灣。烟波同俯仰，巒壑任回環。
挂席因風定，銜峰帶月還。長淮天遠近，何處寫荆關。

江南江北青山多

江水蒼茫合，江山萬叠青。試從凌絶頂，直欲接重冥。

南北開中界，風烟走巨靈。千峰連靉靆，一色混瀴溟。
莫辨陰晴態，疑排左右屏。兒孫如在列，衣帶不分形。
迷霧横空入，流雲到處停。鄉關何日是，薄暮待揚舲。

五言長城

勁律知無敵，詞場數長卿。擢才工五字，築句擬長城。
陣許千軍掃，功應萬里成。文章争要隘，旗幟樹先聲。
摩壘誰挑戰，登壇舊主盟。射雕矜手筆，飲馬入歌行。
即此稱堅壁，何人笑老兵。偏師空坐擁，未許門詩名。

流水今日

流水澄詩思，三生慧業深。隔塵渾不染，彈指杳難尋。
落葉隨來去，空山自古今。烟波真浩渺，魚鳥任浮沉。
素影經秋洗，清光對月臨。涣灘成藻繢，湖海入胸襟。
葭浦懷人意，桃花送客心。江河原不廢，千載契知音。

事爲名教用

敬用敷皇極，箕疇五事陳。紀綱宣聖範，名教本天真。
布令同懸甲，凝厘貴撫辰。東西南朔暨，弟友子臣循。
持以權衡世，爲之左右民。門庭皆樂地，道德有完人。
飫燕黎情洽，麗鴻郅化淳。綸言符典則，矩矱飭群倫。

滿城風雨近重陽

昨夜風兼雨，重陽計此遭。滿城知節近，一色肅秋高。
寒氣侵颸館，喧聲撼露皋。暝陰先醖釀，天意助蕭騷。
物候從今老，詩情到此豪。雲中增漠漠，野外聽颼颼。
催盡籬邊菊，題來座上糕。蒼茫誰獨立，分飲欲揮毫。

族雲蓊鬱

孟夏常雩肅，乘離正秩訛。烟隨齋殿密，雲護祀壇多。

蓊鬱嵐陰合，繽紛練影拖。風人資長养，雨我兆滂沱。
鵬翼舒霄漢，魚鱗漾水波。辛祈釐睿念，寅畏感天和。
深意青垂麥，晴光緑到莎。禮成旋御蹕，甘澍遍嘉禾。

九九消寒圖

欲識東風面，圖梅計日丹。層層舒舊蕚，九九較新寒。
花信從頭按，陽輝到眼看。重英分瓣瓣，幾點畫團團。
染素瓊苞坼，研朱絳蕊攢。霙飄增六出，晷叠數三竿。
臘盡葭飛琯，春回杏壓欄。融和調玉燭，疇錫聖恩寬。

剔毛攬翮

致治賢爲翼，名言繹葛書。吹毛憑力索，攬翮任風舒。
冗毳芟雙翦，豐翎藉一噓。伐經三洗後，養到九摶初。
滯羽揚空谷，飛音振太虚。拔思天下利，翽頌吉人如。
廓以恢恢網，招之孑孑旟。鴻儀占漸陸，揚拜侍堯除。

一民同俗

皞皞民從乂，熙和郅化隆。感人琴瑟壹，協日量衡同。
疆界參差泯，苔岑臭味融。還淳兼返樸，易俗又移風。
坏冶群生㞺，車書四海通。大哉情飫燕，講若世麗鴻。
海鏡輪忱後，衢尊遍德中。名言稽晏子，抱式仰皇躬。

心如規矩

至道通乎器，從心妙用神。⿰扌㼌摫呈物象，矩矱本人倫。
蓍卦重爻揲，璣衡七政均。智樞操管鍵，意匠合陶鈞。
珪璧昭其度，盤盂監此身。方圓隨所遇，繩墨各誠陳。
周折良模中，高曾德範因。執中天下式，名論摘嚴遵。

如雲如川

郅化如時雨，群材譬濟川。同雲瞻靄靄，於水想淵淵。

四照金枝燦，重瀾璧海圓。龍從占物睹，魚縱喻臣賢。
慶溢三成喬，流分五色泉。藻摛文露布，草偃聖風宣。
碩輔生申岳，詞人太乙船。潘尼工獻頌，多士羡茹連。

仁沾葭葦

萬彙依仁宇，芸芸帝澤沾。桐生忻長養，葭庶樂熙恬。
履處披春籜，蒼時浥露蒹。荻摇聲謖謖，蓬茁影纖纖。
門外青三徑，秋深翠一簾。蕭風噓草野，蒲雨遍茅檐。
夾涘苔痕淺，緣洲荇葉添。飛灰吹暖律，孚惠普衡閻。

條修葉貫

松牖祥風普，茶原渥澤涵。條分青縷縷，葉密緑毿毿。
盤錯重陰護，輪囷衆木參。枝柯期共附，跗萼總相含。
桂棟雲千尺，桑梯雨一籃。樹人年計百，穀我歲登三。
槐憶當時植，棠歌此日甘。天庭摛麗藻，妙喻揭淮南。

和由甘受

甘和原相濟，名言繹杜箴。缶盈天子澤，鼎養聖人心。
盎盎思泉沃，醰醰道味尋。醍醐千日飫，肴饌百家深。
稼穡皆爲寶，鹽梅共此忱。問漿逢酉熟，含哺遍壬林。
契比從繩木，投如引石針。嘉祥徵脯蓮，醲化播薰琴。

川岳遍懷柔

帝德周寰宇，懷柔遍八垠。梯航來萬國，岳瀆秩群神。
游洛庥徵應，封山舊典遵。河圖呈亥既，日觀肅寅賓。
允翕千年固，升中五載巡。榮光浮翠蓋，雲氣擁金輪。
四海敷文命，三呼繞聖人。長堤今輦建，鑾輅正行春。

初篁苞緑籜

冉冉初生竹，新篁嫩緑交。移時方兕笋，出處尚緘苞。

往復龍牙曲，高低鵲尾捎。滑宜涵露潤，弱不耐風敲。
釀雨流青粉，停雲上翠梢。連陰侵坐榻，一碧蔭窗坳。
熟共含櫻薦，輕隨舞絮抛。謝家詩句好，合并錦囊鈔。

桑麻深雨露

萬頃芃芃茂，梯桑并藝麻。露膏晛既渥，雨澤又頻加。
遵彼來青陌，萱兮賦白華。柔荼經醞釀，濃潤到根芽。
藹館春三徑，鱗塍水一涯。畬田區鳳啜，絮語話蠶家。
苧野當秋刈，繅車待月斜。木棉衣被廣，黼黻燦雲霞。

金心在中

淵穆皇心壹，誠中萬國型。若金爰作礪，如鏡不辭形。
仁義兼三立，貞元得一寧。千秋真古鑒，百煉此新硎。
孔鼎恭傳命，湯盤德有銘。無瑕惟璧白，不改是銅青。
内藴占盈缶，端居擬建瓴。熙朝甌鞏固，表正仰彤廷。

麥氣迎秋

律未三商轉，時方九夏迎。凉疑秋氣爽，潤覺麥天晴。
不待金風報，先看玉粒成。新紅雲子滑，嫩緑稻孫萌。
穲稏千疇滿，陂塘五月清。聲非梧葉落，香是楝花輕。
此日逢梅實，當年憶鞠榮。雙歧今獻瑞，西熟洽皇情。

亭以雨名

何以名兹閣，溟濛衆緑皆。幸逢微雨過，尤愛此亭佳。
午檻層層護，丁簾密密排。茅檐春可買，花壁凈如揩。
雲氣先蒸礎，苔痕直上階。短長添客緒，瀟灑寫詩牌。
志喜傳良守，知時副聖懷。清塵回輦輅，雩殿展心齋。

中和爲萬物

中正觀天下，辰居慶有那。無爲昭聖治，所樂在人和。

大化苞符闡，元功醞釀多。两端歸允執，一氣總包羅。
日麗重輪影，春融萬頃波。連三王以貫，叙九德惟歌。
齋政旋珠斗，諧聲答玉珂。桐生資長養，薰殿秩南訛。

有孚盈缶

至道通乎器，占爻繹缶孚。理原存瓦甓，象可鑒盤盂。
戒彼車徒飾，充兹德有隅。輸誠昭白賁，矢信炳丹圖。
洞酌虚懷挹，衢斟盛化濡。卮言看日出，瓶智笑墟拘。
寶甕昌時瑞，金甌帝世符。淵蜎通昊綍，甘澍滿寰區。

雲蒸礎潤

暘雨釐宸念，誠祈協聖徵。油然知礎潤，沃若驗雲蒸。
午午山爲障，庚庚石有稜。一時紛靉靆，幾片觸崚嶒。
嶺絮披千疊，苔痕透幾層。先機古鸛井，大澤遍鱗塍。
灌頂天膏渥，如拳柱碣承。呈祥書慶鬲，多稼祝豐登。

异源同清

异派方交匯，洪源瀉急湍。導河兼導濟，觀水必觀瀾。
緑浄無邊闊，清澄澈底寒。滎光開萬壑，素影漾雙丸。
竹楗千堤固，菱波一鏡團。支分殊井井，浪合走盤盤。
疏瀹神功普，宣防睿慮殫。寰瀛今順軌，漸被聖恩寬。

山高無風松自響

拔地蒼松植，濃陰蓋一山。不聞風謖謖，如聽水潺潺。
遠近分青靄，高低叠翠鬟。影摇群木秀，人愛衆峰閑。
午午添嵐黛，丁丁雜佩環。溪琴三弄外，宫漏百花間。
滌暑宜蘭徑，怡情對竹灣。御園多勝景，有喜識天顔。

染藍琢玉

藍玉堪徵學，橋門郅化淳。説詩應後素，比德不同珉。

質以薰陶裕，功由砥礪新。終朝盈采緑，一色襯浮筠。
衫佩紆今日，瓊琚式此身。水彰分藻繪，山藴見精神。
黼黻洪文麗，圭璋上國珍。幾餘勤念典，寶訓勵人倫。

嵩岱出崇崛

頓覺群山小，從知岱與嵩。昔時深景仰，此日識隆崇。
身到層霄上，心游萬仞中。神仙開石室，天地峙瓊宮。
爽氣胸襟闊，浮嵐眼界空。三呼聽隱約，一覽極穹窿。
簣覆功宜進，蠡窺見詎同。圜橋欽聖化，籲俊達宸聰。

儀正景正

就日群情切，敷辰帝績熙。氣和調玉燭，表正協銅儀。
布指量分寸，關心課早遲。盈虛灰琯應，高下土圭知。
計候符堯莢，傾陽類夏葵。璣衡天下式，規矩聖人持。
蕩蕩由庚路，亭亭卓午時。居中皇極建，久照仰重離。

披榛采蘭

每憶山榛咏，伊誰更比蘭。披來三徑滿，采到百迴看。
蕪澤隨風刈，晴皋挹露溥。一叢青試剪，九畹緑初攢。
烟蔓芟難盡，春荑秀可餐。麓歌人濟濟，陔聽佩珊珊。
門外蓬蒿濕，秋深薜荔寒。喻言精選士，藻鑒聖心殫。

執冲含和

允執昭身範，淵含葆太和。冲然君子履，藹若吉人多。
深谷虚懷挹，康衢盛德歌。謙亨常自牧，豫順本無頗。
鑿鑿春冰釋，融融古井波。月成三讓魄，風轉萬年柯。
乙夜箴投石，寅階佩振珂。持盈欽寶訓，矢頌協卷阿。

貴從活火發新泉

妙繹坡公句，煎茶韵事傳。銅瓶方得火，石銚正烹泉。

改燧當春季，分芽趁雨前。試看湯活活，徐聽響涓涓。
細煮頻翻雪，微烘尚帶烟。膏流雙井滑，夢到一甌圓。
客話圍爐夜，詩情啜茗天。龍團今拜賜，研露寫吟箋。

小屋如漁舟

不是船中住，居然畫裏游。衹緣天近水，頓覺屋如舟。
隱約孤篷出，蒼茫两岸浮。小窗三面拓，細雨一帆收。
雲氣蒸檐角，濤聲入座頭。人家烟海島，生計蓼蘋洲。
此地堪容膝，伊誰更枕流。坡公詩句好，瀟灑寫清秋。

王猷如玉

式玉昭王度，嗚珂近帝居。鴻猷歌定爾，至德想温如。
蒲穀群工肅，璣衡二氣舒。名山皆拱璧，上國盡璠璵。
舜琯先調燭，堯階集佩琚。繅三堪肆禮，輯五更徵書。
本以賢爲寶，端惟敬作輿。弧南綿聖壽，琛獻達瑶除。

易重一斤

大易兼言數，研經試溯程。卦爻原燦列，斤兩最分明。
扐指探奇耦，從頭較重輕。本來心是稱，直與道爲衡。
錯綜陰陽互，低昂燕雀平。寒梅參點畫，累黍辨縱横。
消息三微著，循環六位成。圖疇開聖學，允執契惟精。

器成琢玉

人是豐年玉，材經大匠成。器惟觀所使，琢以致其精。
寶氣重霄澈，晶輝四照呈。含章曾砥礪，比德即瓊瑛。
鏤處琪花合，霏時璧蕊縈。亭亭看樹立，朗朗擬山行。
自具雕鏤質，如聞戛擊聲。掄賢開慶榜，特達荷殊榮。

修容禮園

欲識身容肅，先從禮意求。窺園徵往哲，履憲憶前修。

大義書城討，名言藝圃留。其儀覘淑慎，爾性想優游。
買處非關夏，耕時遂有秋。天倫皆樂地，舊德即先疇。
本以心爲則，緣知路共由。皇躬昭矩矱，秩秩仰宸猷。

鄉貢八蠶之綿

八育傳吴賦，新綿紀日南。晴川方浴種，遠陌正登蠶。
摘處原盈甕，携來更滿籃。回環抽乙乙，眠起候三三。
彷佛同功績，低徊一縷含。蘛風催夏熟，絮雨釀春酣。
課織畦丁最，繅絲婦子諳。篚筐今入貢，衣被聖恩覃。

中和節賜尺

詔賜群工尺，裁成寓義多。時方逢大有，節已近中和。
入土分膏潤，量暉綫影過。風輕棉未卸，雲薄絮疑拖。
玉律占如此，金針度若何。平衡均累黍，上澤普宜禾。
珍重同懷璧，恩榮邁疊羅。絲綸頒帝賚，衣被萬方歌。

夙夜匪懈

睿念求衣切，披章達夜分。惟幾天子敕，匪懈侍臣殷。
槐署趨朝慣，薇垣入值勤。曉聽金鑰報，暮惹玉爐薰。
旁午收賢策，生申贊帝勛。心依鰲禁日，身傍鳳墀雲。
待漏頻揮草，焚膏細校芸。況今頒御製，無逸邁周文。

三載考績

程品觀人法，廉能計吏時。爲勤三載考，遂致百工熙。
釐績周官備，陳謨舜岳咨。萬幾常業業，九德日孜孜。
列牘公卿薦，書屏睿哲知。政惟分殿最，課以定高卑。
自有璇衡在，何虞鐵網遺。群僚歸藻鑒，久照炳重離。

桑麻鋪菜

四野桑麻合，沾時帝澤敷。菜流清畝遍，色襯緑雲鋪。

雨露含天液，栽培得地腴。柔條仍共摘，直節不須扶。
梯外秧頭活，池邊麥脚蘇。名應增北里，賦已紀西都。
醃䰞分瓜徑，延緣到芋區。簁絲今入貢，聖化被寰隅。

其數七

夏紀剛逢七，生成妙用宣。德惟知在火，數乃應乎天。
疇演庥徵協，圖開大象全。見心原取復，居首用占乾。
周甲循終始，横庚溯後先。調鐘分月管，移斗辨星躔。
齊政曾依蓋，含聲定叶弦。泰階符聖化，執極建無偏。

斫雕爲樸

治道宜從樸，還淳識聖朝。有觚雖已破，在樸不須雕。
儘使規模换，緣知迹象超。毁時疑瓦合，改處訝弦調。
玉碎精華斂，珠沉寶氣銷。不因收絢爛，何以挽漓澆。
楮葉徒嗤宋，茅茨尚溯堯。陶埏宣盛化，擊壤遍歌謡。

首夏猶清和

猶憶和光住，林塘氣尚清。過駒延夏景，好鳥帶春聲。
淺燠風仍送，微寒雨乍晴。麯塵留靄靄，竹水湛盈盈。
薄潤歸青柳，餘芳逗紫櫻。紅停梅子熟，碧獮麥花輕。
迢遰桐疑閏，芊眠草又生。秩訛均玉燭，與物暢由庚。

拊本引綱

吏治關宵旰，名言句溯韓。木根操庶政，綱紀肅群官。
大木排雲直，連罾印月寒。梯攀枝亞亞，綆汲水盤盤。
桂棟森千尺，蛛絲漾一竿。萬年天澤厚，三面聖恩寬。
搜幹情何切，臨淵興未闌。執中欽主極，宥密帝心殫。

竹箭有筠

爲愛猗猗竹，叢篁衆緑匀。四時無易葉，一色總浮筠。

著雨濃疑滴，參天黛若皴。青分霄靄靄，翠洗水粼粼。
嫩碧猶停粉，深蒼不染塵。譬如人有幹，宛得氣之春。
松柏忻同侶，芝蘭更結鄰。引薰攄舜抱，楓陛荷恩新。

卷四　詩稿

丁卯典試湖南，宿定興，晚步偶成

薄暮息征軺，炎風暑不消。亂雲圍古堞，小館話清宵。
野樹隨人老，荒村隔寺遥。何時礎頭潤，微雨滌塵歊。

道經曹河，憩慈航寺，寺有方恪敏公白描貯蘭圖像，因紀以詩

寺院極清幽，曹溪水自流。僧閑頻送客，樹老不驚秋。
蘭若慈航在，桐鄉遺愛留。圓蒲參半偈，塵慮一時收。

宿望都，過堯母廟作

古寺稱堯母，荒墟説帝鄉。鳴蟬聒朝暮，語燕感興亡。
驟雨漂零瓦，殘碑卧斷墻。可憐仙吏舄，衹覺送迎忙。

宿新樂，大雨如注

黑蜧起潜湫，蒼茫雨氣浮。翻雲連霧暗，急水涌沙流。
且喜隨車潤，何知破屋愁。陂塘凉意滿，一路唱鳴騶。

過滹沱河

此地稱雄鎮，長河激怒濤。輿丁輕險浪，舟子昇奔舠。
雨過中流急，雲開夾岸高。至今思麥飯，猶憶漢臣勞。

宿邯鄲，過盧生祠有感

吕仙祠畔石盤陀，一枕清風未覺多。
世上功名何日是用东坡句，廿年原似夢中過。

宿磁州即景

夾岸荷花夾岸蒲，三三兩兩浴輕凫。

也應訪得藤昌祐，添寫連塘泛鴨圖。

抵湯陰，謁岳忠武王祠，王廿三世孫開第送王集，讀之有感二首

天意將危宋，奸謀遂厄公。兩河争要隘，百戰老孤忠。
巾帶儒生業，旌旗大將風。壯懷功未竟，埋恨泣幽宫。

奏議連章達，恢圖感至尊。燕雲真唾手，河朔盡攀轅。
涊背心猶壯，鎸旗字尚存。如何三字獄，無處叫天閽。

宿亢村驛，壁懸畫荷一幅，有伊墨卿太守、韓桂舲司寇題咏，步韵和之

翠蓋亭亭入畫來，緇塵不到九蓮臺。
分明剪取湘江水，留得荷花别様開。

信陽州距家二百里，七月一日止宿於此，故園風景依然如在目矣

種竹原無税，栽松不記年。雲栖千樹影，炊惹萬家烟。

黛壓高低嶺，青分下上田。山居真可樂，况是早秋天。

大人督學楚中，抵武昌，便道省謁，因留數日，并紀以詩

詞曹星使荷恩臨，鄂渚趨庭話漏深。两世絲綸叨舊澤，一門桃李接新陰。
江雲楚樹長相憶，玉鑒冰壺共此心。頭惱冬烘還自笑，恐教屈子怨行吟。

宿蒲圻之官塘驛，遇雨有懷

離情黯黯隔長安，蝶枕依稀夜未闌。细雨有聲湘簟濕，殘燈無語竹窗寒。
水栖城角秋先到，路轉山腰夢亦難。一语寄君須護惜，莫將翠袖倚檀欒。

宿蒲圻縣，喜得家信

水城山郭玩清華，尺鯉重披細字斜。怪我多情縈竹素，喜君努力踏槐花。
池塘舊夢三更雨，河漢新秋八月槎。南去瀟湘持簜節，深慚眼底罩紅紗。

宿青岡驛，夜夢入一佛寺，爐烟細爇，寶相森然，瞻禮竟時，不覺萬感之俱寂也。次早述之以詩，却寄内子

七寶森然列，深宵夢不訛。名香薰篤耨，清夜叩彌陀。

世味卿猶淡，禪緣我倍多。爾時朝課罷，曾否誦波羅。

檢閲遺卷，因憶甲子秋北闈分校家玉松太史有句云『萬人心血换長吁』，真能道破此中甘苦。每誦斯語，悵然泪下，詩以解之

鎖院秋深玉漏遲，沉吟展卷幾支頤。丹黄詎必皆人意，清白猶堪爲主知。

三載功名憐璞獻，一時衡校嘆珠遺。文章自有真知己，瞬息鵬摶萬里期。

九月初七日謝恩赴鹿鳴宴。湘潭羅慎齋先生，余大父壬午鄉試座師也，以少鴻臚致仕家居。今重宴鹿鳴，而余適典試是邦，亦佳話也

藻鑒群倫仰，風流憶老成。名山真事業，此會即耆英。

衣鉢聯先世，簪裾半後生是日新孝廉與宴者皆出先生門下。笙簧昭代盛，佳話紀蓬瀛。

抵湘陰，微雨，口占却寄家人

山色空濛入畫冥，滿林楓葉落江汀。長安若問歸程日，微雨瀟瀟過洞庭。

抵巴陵，偕星白侍御登岳陽樓，波瀾壯闊，湉漠無涯，率成一律

湖水蒼茫合，登臨縱目初。波天同浩渺，樓影入清虚。
雲外孤帆迴，城邊木葉疏。君山遥指點，曠望意何如？

附録一　吴其彦簡譜

乾隆四十四年（一七七九）　一歲

十月初九日寅時，出生。

乾隆四十八年（一七八三）　五歲

識字不忘，入童子塾，日讀八十行，朗朗成誦。

乾隆五十八年（一七九三）　十五歲

補博士弟子員。

嘉慶四年（一七九九）　二十一歲

後其父吴烜十二年以弱冠成進士。五月，作爲新科進士，被仁宗皇帝引見。

嘉慶六年（一八〇一）　二十三歲

四月丙寅，被仁宗皇帝著以部屬用，丁卯，以部屬知縣被仁宗皇帝改授編修。

嘉慶九年（一八〇四）　二十六歲

二月，仁宗皇帝幸翰林院，群臣與宴者二百零二人。兄弟翰林，惟貴州張鳳枝、本枝；父子則安徽王少宗伯懿修、學士宗誠，河南吳侍講烜、編修吳其彦。

嘉慶十二年（一八〇七）　二十九歲

五月辛亥，以翰林院編修爲湖南鄉試副考官。

嘉慶十六年（一八一一）　三十三歲

十二月癸亥，以翰林院編修充日講起居注官。

嘉慶十七年（一八一二）　三十四歲

二月甲寅，在右中允任上，受到仁宗皇帝賞賜綫縐袍料一匹。

嘉慶二十年（一八一五）　三十七歲

二月戊辰，受仁宗皇帝欽派，以翰林院侍讀學士的身份參與《秘殿珠林》、《石渠寶笈》的續編、纂輯，受命暫停其在館差使，逐日隨同繕寫。俟辦理完竣後，仍回本衙門供職，并於嘉慶二十年二月二十九日入直。

六月庚申，以詹事府少詹事爲詹事。

嘉慶二十一年（一八一六）　三十八歲

六月丙戌，以詹事府詹事爲江西鄉試正考官，翰林院編修林則徐爲副考官。

嘉慶二十二年（一八一七）　三十九歲

四月甲午，以詹事府詹事爲内閣學士，兼禮部侍郎銜。

九月庚戌，以内閣學士爲武會試正考官，詹事府少詹事汪潤之爲副考官。

嘉慶二十四年（一八一九） 四十一歲

四月庚寅，以内閣學士身份與工部左侍郎穆彰阿同時受命教習庶吉士。

五月甲申，受仁宗皇帝遴派，吴其彦等八人隨同纂辦《石渠寶笈》續編。書成時，仍責成吴其彦等八人分册詳校。其中吴其彦、張鱗、吴信中所校各册，訛誤尚少。

八月乙未，内閣學士吴其彦同禮部左侍郎和桂，監臨順天鄉試。

九月甲子，仁宗皇帝命太常寺少卿桂齡爲奉天府府丞，兼提督學政。内閣學士吴其彦，提督順天學政。

九月戊子，仁宗皇帝轉兵部右侍郎曹師曾爲左侍郎，内閣學士吴其彦爲兵部右侍郎。

道光元年（一八二一） 四十三歲

七月己巳，順天學政、兵部侍郎吴其彦因父病請解任。允之。

道光三年（一八二三）　四十五歲

十一月二十八日寅時，卒，享年四十有五。

附録二　吴其彦史料輯要

该輯要选取史籍中有關吴其彦的一些相關記述，共涉及三種史籍，分别是《養吉齋叢録》、《榆巢雜識》、《清實録》。

一、相关史籍概要

《養吉齋叢録》　清人吴振棫所撰的一部清代史料筆記。全書共三十六卷，其中叢録二十六卷，餘録十卷，内容專涉清朝掌故。吴振棫（一七九二—一八七〇），字仲雲，號宜甫，浙江錢塘人，嘉慶十九年（一八一四）進士，授翰林院編修，曾充實録館纂修、提調兼校勘。

《榆巢雜識》　清人趙慎畛所撰的一部清代史料筆記。全書共一册，分上、下兩卷。該書雖篇幅較短，但内容豐富，文字流暢，内容涉及官場掌故、科舉考試、文人軼事以及山川地理、地方民俗等。趙慎畛（一七六二—一八二六），字遵路，號笛樓，又號蓼生，湖南武陵（今湖南省常德市）人。嘉慶元年（一七九六）進士，歷官編修、御史、給事中、惠潮嘉道、廣西按察使、廣東布政使、廣西巡撫、閩浙總督、雲貴總督。

《清實録》　全稱《清歷朝實録》，四千四百八十四卷。《清實録》係清代歷朝的官修編年體史料彙編，主要是選録各時期上諭和奏疏，皇帝的起居、婚喪、祭祀、巡幸等活動亦多載入。

二、吴其彦史料輯要

嘉慶六年，散館改部屬者三十五員，改知縣者十五員。嗣以滿洲及邊省翰林人數甚少，復以改用之二甲進士吴其彦、張惠言、陳壽祺、李翃、吴榮光、花杰、李端、李象鵠、王鼎、楊世英、胡大成仍授編修，三甲進士貴慶仍授檢討。

——［清］吴振棫《養吉齋叢録》（卷之二），清光緒刻本，第八頁

乾隆九年十月，上幸翰林院，群臣與宴者百六十三人。兄弟同與者，惟滿洲觀保、德保。嘉慶甲子二月，重舉斯典，與宴者二百二人。兄弟翰林，惟貴州張鳳枝、本枝；父子則安徽王少宗伯懿修、學士宗誠，河南吴侍講烜、編修吴其彦。

——［清］赵慎畛《榆巢雜識·上卷》，中華書局二〇〇一年版，第七四頁

引見新科進士。得旨：一甲三名姚文田、蘇兆登、王引之，業經授職外；程國仁、湯金釗、吴賡枚、汪桂、汪如淵、梁運昌、白鎔、李翃、鮑桂星、宋湘、史致儼、張惠言、李端、丁履泰、徐名紱、

蔣雲官、吴榮光、戴聰、李本榆、李象鵠、陳超曾、吴鼒、趙在田、花杰、黄鳴傑、毛謨、張師泌、彭藴輝、俞恒潤、朱渌、楊世英、許鉉、張述燕、胡大成、曹汝淵、任伯寅、周開謨、吴其彦、孔昭銘、陸言、錢昌齡、何南鈺、陳壽祺、趙玉、彭良裔、象曾、趙敬襄、李光晋、張傅霖、董大醇、周錫章、王廷紹、莫與儔、淡士濤、廉能、張鱗、毛式郇、賴勳、許亨超、黄郁章、楊汝達、覺羅桂芳、姚廷訓、張澍、貴慶、陳鍾麟、林天培、賞錯、祝孝憑、盧坤，著改爲翰林院庶吉士；程同文、盧浙、蘇琳、涂以輈、趙學轍、方應綸、汪恩、莫南采、陳謨、牛坤、何朝彦、黄思宸、張錦珩、韋運標、余霈元、賈履中、余本敦、孟晟、朱學邃、胡秉虔、馮大中、劉尹衡、俞恒澤、劉陶、程祖洛、張紹學、黄維烈、蔡本俊、何蘭馥、許宗彦、楊騰達、張業南、張運煦、林東垣、馬丕基、萬雲、錢枚、朱桂楨、柏齡阿、齊正訓、彭鳳儀、王庭華、康紹鏞、蔡鑾揚、李熉、蔣翎、徐寅亮、楊本昌、王檢、張之屏、珠爾杭阿、孫喬齡、崔永福、宋其沅、廉善、楊樹基、徐文驤、黄燮、吴鼎臣、李向榮、蕭應午、楊名昇、唐儼、歐陽厚均、王維鈺、林鍾岱、温際清、賈聲槐、劉台斗、朱嗣韓、馬德表、吴準、郝懿行、羅宸、周維翰、應軒、李遠烈、徐旭曾、佛保、張聖愉，著分部學習；陳汝梅、周悌、邵自錦、汪桂林、椿齡、王家景、蕭鴻圖、王東林、高世書、石鼎、葉馥、王顯文、張兆安、孫猷、崔象山，著以知縣即用；餘著歸班銓選。

——《仁宗實録》卷四四，《清實録》第二八册，中華書局一九八六年版，第五三二頁丙寅。引見己未科散館人員。得旨：此次翰林院散館之修撰姚文田，編修蘇兆登、王引之，業經授職；其清書二甲之庶吉士趙在田、彭蘊輝，漢書二甲之庶吉士湯金釗、鮑桂星、史致儼、白鎔、梁運昌、陸言、錢昌齡、李本榆、程國仁、張師泌、彭良裔、俞恒潤、吴鼒、陳超曾、汪如淵、毛謨，俱著授爲編修；清書三甲之庶吉士張鱗、漢書三甲之庶吉士覺羅桂芳，俱著授爲檢討；吴其彦、徐名紱、曹汝淵、張惠言、陳鍾麟、黄鳴傑、戴聰、陳壽祺、汪桂、吴賡枚、石時渠、李翃、朱渌、貴慶、趙敬襄、周錫章、趙玉、吴榮光、花杰、李端、李象鵾、王鼎、楊世英、嚴烺、何南鈺、毛式郇、孔昭銘、張述燕、周開謨、象曾、林天培、任伯寅、盧坤、許應喈、廉能，俱著以部屬用；楊汝達、丁履泰、王廷紹、賞鍇、蔣雲官、許鉉、董大醇、胡大成、淡士濤、許亨超、祝孝憑、賴勳、黄郁章、張澍、莫與儔，俱著以知縣即用。

——《仁宗實録》卷八二，《清實録》第二九册，中華書局一九八六年版，第六八頁

諭内閣，昨日引見散館人員，除一甲進士三名先行授職外，其清漢書庶吉士内，留館授職者二十員，用爲部屬者三十五員，用爲知縣者十五員。因思各部額外候補主事，爲數較多，此次以部屬用各員得缺需時，且現在滿洲及邊省翰林人數甚少，所有散館二甲進士内，以部屬知縣用之吴其彦、張惠言、陳壽祺、李翃、吴榮光、花杰、李端、李象鵾、王鼎、楊世英、胡大成，俱著加恩改授編修。三甲進士以部

屬用之貴慶，著加恩授爲檢討。其以知縣用之王廷紹、蔣雲官、許鋐，著加恩改用部屬。

——《仁宗實録》卷八二，《清實録》第二九册，中華書局一九八六年版，第七〇頁

以翰林院編修宋湘，爲四川鄉試正考官，刑部郎中楊曰鯤，爲副考官。陝西道御史花杰，爲廣東鄉試正考官，翰林院編修何淩漢，爲副考官。司經局洗馬張錦枝，爲廣西鄉試正考官，内閣中書李振祜，爲副考官。刑部郎中彭希濂，爲福建鄉試正考官，翰林院編修白鎔，爲副考官。河南道御史李本楡，爲湖南鄉試正考官，翰林院編修吴其彦，爲副考官。

——《仁宗實録》卷一七九，《清實録》第三〇册，中華書局一九八六年版，第三五六頁

復引見京察一等圈出人員。得旨：嵩泰、廉敬、何金、鮑桂星、吴廷琛、吴其彦、齊鯤、鄧廷楨、謝學崇、李振翥、富倫布、廣慶、任烜、華瑞、查清阿、糜奇瑜、戴聰、約可清阿、覺羅德奎、張業南、富綸、熊方受、周錫章、和舜武、富廉、姚祖同、慕鏊、明山、福森泰、敦良、陳廷桂、張文靖、韓文綺、齊嘉紹、興科、容海、汪玉林、陳啓文、錦明、巴克坦、音德和、多容安、熙昌、安柱、鮑勳茂、陸言、覺羅懷裕、西彰阿，俱著記名以道府用。

——《仁宗實録》卷二二六，《清實録》第三一册，中華書局一九八六年版，第四〇—四一頁

以翰林院編修吴其彦，充日講起居注官。

——《仁宗實録》卷二五二，《清實録》第三一册，中華書局一九八六年版，第四〇一頁

諭内閣，此次考試翰詹各官，按其文字優劣，分爲等第。一等四員，二等四十七員，三等七十員，四等四員。不入等一員。除考列二等之侍讀學士王鼎、侍讀穆彰阿，業經升授少詹事外，其考列一等之編修徐頲，著升授侍讀學士。編修陳嵩慶，著升授侍講學士。編修顧莼，著升授侍讀。編修姚元之，著升授侍講。二等之編修彭邦疇，著升授左贊善。侍講學士宗室果齊斯歡，著轉補侍讀學士。編修朱士彦、白鎔、李宗昉、程德楷，著各賞綫縐二匹。編修葛方晋、陳官俊、史評、周之琦、賀長齡，右中允吴其彦，編修邱煌，著各賞綫縐袍料一匹。編修李廣滋、孫升長、宋湘，侍講毛謨，編修朱棨、朱琦、楊惠元，著各賞綫縐褂料一匹。及名在二等未經升用者，俱著照例記名，遇缺題奏。其考列三等之侍講沈學厚，著改用六部員外郎。左庶子寧古齊，著改用六部郎中。侍讀張師泌，著改用六部員外郎。侍讀學士蔡之定，著降侍讀候補。侍講學士李錫恭，著降侍講候補。左贊善李潢，著降編修。洗馬宗室德朋阿，著降右贊善。侍讀覺羅寶興，著降左贊善。侍讀學士明通，著降左中允。編修宗室瑞林、夏國培、廖金城，檢討平志，編修郭尚先，均著

罰俸半年。檢討葉申萬、李德立，編修陶樑、何彤然、王耀辰，均著罰俸一年。編修胡敬、程伯鑾、錢昌齡、李仲昭、施杓，檢討丁傑，均著罰俸二年。其考列四等之修撰洪瑩，著罰俸三年。編修彭良裔、侍講柏齡阿、編修胡兆蘭，均著原品休致。其不入等之左中允覺羅績禄，著革職。繙譯考列三等之右贊善景福，著改用六部筆帖式。其考列四等之右庶子法克精額，著原品休致。其不入等之左贊善佛保，著革職。餘俱照舊供職。該員等其各砥行礪名，敦崇實學，以副朕造就人材至意。

——《仁宗實録》卷二五四，《清實録》第三一册，中華書局一九八六年版，第四二八—四二九頁

諭内閣，乾隆年間曾纂輯《秘殿珠林》、《石渠寶笈》正續二編。所有列聖宸翰，暨古今臣工書畫，業經繕寫成書，尊藏秘閣。兹查續編成於乾隆癸丑，迄今二十三年。皇考聖學淵深，無美不備。染翰揮毫，收藏内府者，又積至千有餘件之多。朕自丙辰授璽以來，幾暇怡情，惟以翰墨爲事。閱時既久，卷帙亦繁，應一并詮次，用志歲月。至内外臣工祝嘏抒誠，所進古今書畫，亦復不少。允宜遵照前書定例，重爲遴選，昭示來兹。著内廷翰林英和、黄鉞、姚文田，分班至懋勤殿悉心檢閲。并添派翰林院侍讀學士吴其彦，庶子張鱗，侍讀顧皋，洗馬朱方增，修撰吴信中、龍汝言，編修沈維鐈、胡敬八人，暫停其在館差使，逐日隨同繕寫。俟辦理完竣後，仍回本衙門供職。

即於本月二十九日入直。朕在宮時，翰林等著由乾清門出入。遇朕駐園巡幸之日，著由内右門出入。其一切事宜均查照前例辦理。

——《仁宗實録》卷三〇三，《清實録》第三二册，中華書局一九八六年版，第二一一頁

以詹事府少詹事吴其彦，为詹事。

——《仁宗實録》卷三〇七，《清實録》第三二册，中華書局一九八六年版，第七四頁

丙戌。以兵部左侍郎顧德慶，爲浙江鄉試正考官，翰林院編修李振庸，爲副考官。詹事府詹事吴其彦，爲江西鄉試正考官，翰林院編修林則徐，爲副考官。修撰龍汝言，爲湖北鄉試正考官，浙江道御史史譜，爲副考官。

——《仁宗實録》卷三一九，《清實録》第三二册，中華書局一九八六年版，第二三二頁

以詹事府詹事吴其彦，爲内閣學士，兼禮部侍郎銜。宗人府府丞賈允升，爲都察院左副都御史。

——《仁宗實録》卷三二九，《清實録》第三二册，中華書局一九八六年版，第三三八頁

以兵部右侍郎曹師曾，知武舉。内閣學士吴其彦，爲武會試正考官。詹事府少詹事汪潤之，爲副考官。

——《仁宗實録》卷三三四，《清實録》第三二册，中華書局一九八六年版，第四〇三頁

命工部左侍郎穆彰阿、内閣學士吴其彦，教習庶吉士。

——《仁宗實録》卷三五六，《清實録》第三二册，中華書局一九八六年版，第七〇三頁

甲申。諭内閣，朕前命纂辦《石渠寶笈》續編，以南書房翰林英和、黄鉞、姚文田三人董其事。復於翰林中遴派吴其彦等八人，隨同編輯。書成時，英和自請捐資繕録陳設本十分，并因伊所管事務較繁，奏明不能自行校對。仍責成吴其彦等八人分册詳校，各於卷後注明何人恭校，以免推諉。嗣於裝潢進呈後，將乙部一分陳設御園，以備披覽。朕於幾餘，不時檢閱，藉以遣暇。此内吴其彦、張鱗、吴信中，所校各册，訛誤尚少。其餘字畫脱落，偏旁錯誤，經朕逐條簽出者，每册多有。惟龍汝言所校，已積至百餘處。均發交南書房隨時更正，從未加以譴責。昨閲至第二十函第一册内，恭載高宗純皇帝廟號，帝字脱落，非尋常錯誤可比，不可不加以懲處。英和雖未

能自校，亦難辭咎，著罰尚書俸三年。龍汝言精神不周，辦事粗疏，無庸交部議處，著即革職回籍。

——《仁宗實録》卷三五八，《清實録》第三二册，中華書局一九八六年版，第七三〇—七三一頁

乙未。以禮部左侍郎和桂、内閣學士吴其彦，監臨順天鄉試。工部尚書茹棻，爲正考官，吏部左侍郎恩寧、工部左侍郎王以銜，爲副考官。

——《仁宗實録》卷三六一，《清實録》第三二册，中華書局一九八六年版，第七五九頁

命太常寺少卿桂齡，爲奉天府府丞、兼提督學政。内閣學士吴其彦，提督順天學政。户部右侍郎姚文田，提督江蘇學政。左春坊左贊善胡敬，提督安徽學政。署禮部右侍郎王宗誠，提督江西學政。内閣學士汪守和，提督浙江學政。都察院左副都御史韓鼎晋，提督福建學政。大理寺少卿楊懌曾，提督湖北學政。左春坊左中允許邦光，提督湖南學政。光禄寺少卿盧浙，提督河南學政。通政使司參議李振祜，提督山東學政。翰林院侍講陳官俊，提督山西學政。侍講學士德寧，提督陝甘學政。編修聶銑敏，提督四川學政。侍講顧元熙，提督廣東學政。編修熊常錞，提

督廣西學政。楊殿邦，提督雲南學政。裘元善，提督貴州學政。

——《仁宗實録》卷三六二，《清實録》第三二册，中華書局一九八六年版，第七七五頁

轉户部右侍郎姚文田，爲左侍郎。調刑部右侍郎王鼎，爲户部右侍郎。以福建巡撫吴邦慶，爲刑部右侍郎。轉兵部右侍郎曹師曾，爲左侍郎；内閣學士吴其彦，爲兵部右侍郎。降調禮部左侍郎和桂，爲大理寺卿。

——《仁宗實録》卷三六二，《清實録》第三二册，中華書局一九八六年版，第七八四頁

諭内閣，本日兵部奏遺失行在印信一案，著交留京王大臣會同刑部即行鎖拿兵部看庫之夫役人等，嚴行審訊，一經得有端倪，即查明該當月滿漢司員革職鎖拿、嚴訊迅速具奏。兵部堂官未能先事豫防，均有應得之咎。明亮舊有勛績，現已年老，不能常川到署，著交部議處。戴聯奎、常福、曹師曾、常英，先行摘去頂帶，俱著交部嚴加議處。五日内具奏。松筠、和世泰、普恭、吴其彦，俱俟究出何年月日遺失、係何人任内失察，再行交部嚴加議處。尋議上。得旨，此案兵部遺失行在印信，若係該堂官等早經查出自行檢舉，部議上時，朕必量予恩施。乃平日漫不經心，至請領印信時，始行查出，并不知何時失去，該堂官等實屬疏懈、毫無覺察，吏部等衙門分别議以降

調革職，固屬咎所應得。姑念明亮舊有勛績，現已年老，不能常川到署，著加恩改爲降五級留任，無庸管理部旗事務，仍留内大臣職任。戴聯奎，著加恩以從三品翰林京堂補用。曹師曾、常英，著加恩以四品京堂補用。常福，著加恩賞給四品頂帶，管理圓明園。

——《仁宗實録》卷三六八，《清實録》第三二册，中華書局一九八六年版，第八六一—八六二頁

順天學政、兵部侍郎吴其彦，因父病請解任，允之。命内閣學士毛謨，提督順天學政。

——《宣宗實録》卷二一，《清實録》第三三册，中華書局一九八六年版，第三八七頁